# INHALT

| | |
|---|---:|
| Klappentexte | 1 |
| 1. Kapitel Eins | 3 |
| 2. Kapitel Zwei | 12 |
| 3. Kapitel Drei | 20 |
| 4. Kapitel Vier | 31 |
| 5. Kapitel Fünf | 39 |
| 6. Kapitel Sechs | 50 |
| 7. Kapitel Sieben | 60 |
| 8. Kapitel Acht | 72 |
| 9. Kapitel Neun | 84 |
| 10. Kapitel Zehn | 92 |

Veröffentlicht in Deutschland:

Von: Jessica Fox

© Copyright 2020

ISBN: 978-1-64808-207-8

ALLE RECHTE VORBEHALTEN. Kein Teil dieser Publikation darf ohne der ausdrücklichen schriftlichen, datierten und unterzeichneten Genehmigung des Autors in irgendeiner Form, elektronisch oder mechanisch, einschließlich Fotokopien, Aufzeichnungen oder durch Informationsspeicherungen oder Wiederherstellungssysteme reproduziert oder übertragen werden. storage or retrieval system without express written, dated and signed permission from the author

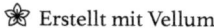 Erstellt mit Vellum

# KLAPPENTEXTE

**Ich war verzweifelt, schluchzte und war schon halb verliebt. Warum *sollte* ich seinen Antrag *nicht* akzeptieren?**
Mein ganzes Leben lang zog ich von einem zum anderen Ort und wollte mich endlich irgendwo zu Hause fühlen. Es war eigenartig, dass ich dachte, ich hätte das erreicht, nachdem ich nur drei Monate lang für Luke Holloway gearbeitet hatte. Kein Wunder, dass ich mich zu meinem Arbeitgeber und dem Vater meines Schützlings, den ich verehrte, hingezogen fühlte. Meine allumfassende Fantasie war, Mrs. Luke Holloway zu werden, und wer konnte es mir verübeln – er war reich, umwerfend und frei.
Was, wenn ich die Chance bekäme, diesen Traum wahr werden zu lassen?

**Meine Tochter liebte sie und was waren schon ein paar Monate einer fingierten Hochzeit, wenn es bedeutete, dass Vivian hierbleiben konnte?**
Vom Geld mal abgesehen drehte sich mein ganzes Leben um

Lena, meine Tochter, deren Mutter abgehauen war, als sie alt genug war, um sich zu erinnern, aber noch zu jung, um zu verstehen, dass es nicht ihre Schuld war. Vielleicht konnte ich mich deshalb nicht der Anziehungskraft zu dem Kindermädchen erwehren, das Lena so großzügig verehrte. Oder vielleicht wollte ich sie auch einfach nur für mich allein. Was auch immer der Grund war, als die USCIS bei mir auftauchte, wusste ich, was ich zu tun hatte. Wenn ich es bloß nicht vermasselt und Gefühle zugelassen hätte ...

„Er strahlte so viel Respekt, Autorität und eine unvorstellbare Hitze aus, die ich tief in meinem Inneren spürte." – Vivian Isaac
„Aber jetzt waren wir verheiratet. Ich hatte den Mann geheiratet, in den ich schon seit meiner ersten Woche bei den Holloways verknallt war. Und er bereute es bereits. Ich konnte es in seinem Gesicht erkennen." – Vivian Isaac
„Er hat jetzt etwas begonnen, das ich nicht würde aufhalten können, selbst wenn ich wollte." – Vivian Isaac

„Langsam glitten meine Augen über ihre Silhouette und folgten den Konturen ihres Körpers – vom cremefarbenen Hals bis zu ihren wohlgeformten Schenkeln und wieder zurück. Ihre Augen trafen auf meine, und wir verloren einen Augenblick, in dem wir uns einfach nur anstarrten." – Luke Holloway
„Sie war jetzt mein, und ich würde sie das nicht vergessen lassen – egal wie laut sie um Gnade schreien würde." – Luke Holloway
„Es gibt nämlich keine Männer wie mich. Das wirst du definitiv nicht vergessen." – Luke Holloway

# KAPITEL EINS

VIVIAN

Mir war noch nie so kalt. Ich zitterte extrem und starrte verzweifelt auf meine behandschuhten Hände hinab.

Wie sollte ich erwarten, hier lebend herauszukommen, wenn ich meine Luft dampfend hinaus keuchte? Ich wusste, dass wenn ich nur fünf Minuten länger aushalten musste, es ein Kampf werden würde.

Würde ich dieses Wetter überleben? Würde man meinen Leichnam unter einem Haufen geschmolzenen Schnees finden, sobald der Frühling Einkehr hielt?

Nur die Zeit würde es zeigen.

Ein Schneeball traf mich an der Seite meiner Mütze, und ich wirbelte herum, um meinem Angreifer zu begegnen.

„Wie kannst du es wagen?", rief ich, wobei meine Zähne klapperten, während ich sprach. „Ich bin hier im Überlebensmodus!"

Lena lachte und langte in den Schnee, um einen weiteren Ball zu formen, aber ich flitzte in Richtung Haus und bat um Gnade.

„Komm schon, Viv! Du bist aus Kanada! Du solltest eigentlich immun gegen die Kälte sein!"

„Ich bin aus Vancouver!", protestierte ich. „Das hier ist im Vergleich dazu die Antarktis!"

Natürlich war ich noch nie in der Antarktis. Aber ich konnte mir nur vorstellen, dass die Kälte dort genauso unerträglich war wie in den Vororten von Boston. Ich verabscheute die eiskalten Temperaturen, aber selbst ich musste zugeben, dass es atemberaubend schön war, wie die Eiszapfen von den Kiefern tropften und einen kristallartigen Palast des Staunens formten, den mein Schützling genießen konnte.

Solange Lena glücklich war, würde ich meinen tiefsitzenden Groll gegenüber dem Schnee herunterschlucken und mich in dem warmen Lächeln der Sechsjährigen aalen.

„Können wir bitte noch ein paar Minuten länger draußen spielen?", bettelte Lena, die meinen Wunsch spürte, wieder in die weitläufige zehntausend Fuß große Villa zu laufen, um mich vor einem der vielen Kamine wieder aufzutauen. „Noch fünf Minuten?"

„Noch fünf Minuten", stimmte ich zu, obwohl es jede Faser meines Seins erforderte zu nicken. Ich fühlte mich, als wäre ich zu einem Block gefrorenen Wassers geworden, trotz der Schichten an Klamotten, die ich zu meinem Schutz trug.

Ich würde mich nie daran gewöhnen, egal wie lange ich in Massachusetts lebte. Wie ich Lena schon eintausend Mal erklärt hatte – meine DNA war nicht dafür gemacht, gegen Kälte anzukämpfen. Auch wenn ich aus dem Großen Weißen Norden kam, war das Klima in Vancouver das ganze Jahr über mild. Natürlich sahen wir auch Schnee, aber nicht solchen.

„Fünf Minuten", wiederholte Lena, bevor sie mir einen weiteren Schneeball gegen den Kopf warf. Ich duckte mich, aber er traf mich dennoch. Lena johlte vor Vergnügen.

„Das kriegst du zurück!", versprach ich mit gespielter Wut. „In drei Monaten, wenn ich meine Finger wieder spüren kann!"

„Das traust du dich ganz bestimmt nicht!", rief sie im Singsang mit einem breiten Lächeln auf ihrem süßen, blassen Gesicht.

Lena Holloway war so ein hübsches Kind. Wenn ich mir je mein eigenes ausgemalt hätte, dann hätte ich mir ihr Aussehen genauso wie das der Erstklässlerin vor mir vorgestellt.

Selbst unter einer Wollmütze eingepackt, mit einem Schal fest um ihren Hals gebunden, konnte ich die Strähnen ihres kastanienbraunen Haares sehen, wie sie sich um ihre vom Wind rosigen Wangen lockten. Hellgrüne Augen starrten mich verschmitzt an, und ein Grübchen zeigte sich mitten auf ihrer rechten Wange.

*Sie sieht ihrem Vater so ähnlich,* dachte ich nicht zum ersten Mal. Ich war unentwegt beeindruckt, wie sehr sich mein Arbeitgeber und seine einzige Tochter ähnelten.

Luke Holloway und Lena waren allerdings von ihren Persönlichkeiten her komplett unterschiedlich. Lena war in ihrem Alter natürlich eher an Weihnachtssocken als dem Börsenmarkt interessiert, aber selbst ohne den offensichtlichen Altersunterschied und generationsmäßigen Abstand hörten ihre Ähnlichkeiten bei ihrem guten Aussehen bereits auf.

Man konnte gleich erkennen, dass Lena bis weit in ihr Erwachsenenalter eine soziale und warmherzige Person sein würde. Ihr Vater war da eher schroff und unverblümt. Kurz gesagt: er war nicht jemand, der ein Blatt vor den Mund nahm. Ich schätze, wenn man CEO eines Hedge-Fonds war, dann hat man weder viel Zeit noch Geduld für Nettigkeiten.

Nicht dass ich damit sagen will, dass er mir gegenüber unhöflich war, eher ... reserviert.

„Daddy ist zu Hause!", rief Lena plötzlich. Ich wirbelte zur langen Einfahrt herum und sah, wie Lukes Auto zur Garage hinter dem Haus fuhr, die fünf Autos fasste. Die Einfahrt war gründlich gestreut, obwohl es vor nicht mal einer Stunde erst aufgehört hatte zu schneien. Das Personal im Holloway-Haus war auf Zack, und das hatte ich wirklich noch nie anderswo so erlebt. Das war meine dritte Anstellung, seit ich vor fünf Jahren in die Staaten gezogen war und es war zweifellos bis dahin meine liebste.

Ich hatte mich tatsächlich gefragt, ob meine eigenen Gedanken Luke früher als sonst nach Hause gebracht hatten, und der Gedanke daran ließ mich rot werden. Ich freute mich über die Hitze in meinem Körper und vergaß schon beinahe die Kälte.

Langsam knirschte ich im Schnee hinter Lena her, als sie zu ihrem Vater lief, um ihn zu begrüßen. Luke hatte seinen Mercedes auf halber Strecke auf der Einfahrt angehalten und da er uns draußen sah, ließ er das Beifahrerfenster herunter, als wir uns ihm näherten.

„Daddy!", schrie Lena. „Was machst du zu Hause?"

„Begrüßt du so deinen alten Mann?", schalt Luke mit einem Knurren in seiner Stimme, aber ich konnte das Funkeln in seinen Augen sehen. Er verehrte Lena so wie sie ihn, und es nahm mir fast den Atem, ihre enge Verbindung zu sehen.

In den letzten beiden Haushalten, in denen ich gearbeitet hatte, waren beide Elternteile anwesend, aber sie hatten ihre Kinder wie Accessoires behandelt. Ich hatte definitiv nicht mal annähernd so eine Verbindung gesehen, wie sie die Holloways zu haben schienen.

Lenas Mutter hatte Lena praktisch im Stich gelassen, als sie drei war, und die Staaten verlassen, um einen Mann in Deutschland zu heiraten. Das Mädchen hatte seine Mutter seitdem nicht mehr gesehen, eine Tatsache, die mir jedes Mal, wenn ich daran dachte, den Magen umdrehte, selbst jetzt noch, nach drei Monaten, die ich schon hier war. Es war für mich unfassbar, dass eine Frau einfach so auf und davon gehen und ihr Kleinkind zurücklassen konnte. Und ich war noch nicht mal Mutter.

Natürlich hatte ich viele Jahre, um mir über solch eine Gräueltat angesichts meiner eigenen Geschichte des Verlassenwerdens Gedanken zu machen.

Krista, die Haushälterin und Chefin der Hausangestellten, hatte mir von Lenas Mom erzählt und auch wenn ich es vor Luke oder Lena nie erwähnt hatte, hatte ich keine Zweifel, dass es stimmte. In Lena war eine tiefliegende Traurigkeit. Das hatte ich fast schon intuitiv erkannt – Kinder, die von ihren Eltern verlassen wurden, spüren das bei anderen sofort, denke ich.

*Wenigstens hatte Lena Luke. Das ist besser, als wenn sie ein Produkt des Pflegesystems wäre,* dachte ich. In dieser Empfindung lag keine Bitterkeit, nur Freude, dass Lena ein Zuhause hatte. Selbst nach so einer kurzen Zeit bei den Holloways wusste ich, dass ich dieses Kind liebte.

„Tut mir leid, Daddy", zwitscherte Lena mit einer gespielten Ernsthaftigkeit. „Willkommen zu Hause."

„Das ist besser", lachte er. „Komm schon, steig ins Auto. Ich fahr dich zurück zum Haus."

Es war zum Haus weniger als eine viertel Meile, aber Lena beeilte sich, um mit ihrem Vater etwas mehr Zeit zu verbringen.

Luke drehte sich zu mir um, fast schon wie ein nachträglicher Einfall, und strahlte mich mit einem kleinen Lächeln an.

„Sie können auch mit, Vivian."

Ich schüttelte den Kopf und spürte, wie die blonden Haarsträhnen unter meinem Mantelkragen schon Eisklumpen bildeten.

„Alles gut, Luke, danke. Wir sehen uns gleich im Haus."

Ich wollte ihre wenige gemeinsame Zeit nicht unterbrechen, selbst wenn der Gedanke, die Autoheizung in mein Gesicht blasen zu spüren, in dem Moment das Verlockendste überhaupt war. Ich schluckte mein Verlangen herunter, hineinzuspringen und drehte mich stattdessen zum Haus um.

„Vivian!", rief Luke mir nach. Ich blickte über meine Schulter zu ihm. Lena hatte sich bereits auf dem Rücksitz angeschnallt.

„Ja?"

„Ich muss etwas mit Ihnen besprechen. Sehen wir uns beim Abendessen? Ich weiß, es ist eigentlich ihr freier Abend—"

„Nein, das passt schon", warf ich mit zu viel Eifer ein. „Ich habe nichts vor."

*Hätte das noch erbärmlicher klingen können?*

Ich fühlte mich wie eine Idiotin. Ich hätte ihn wenigstens noch seinen Satz beenden lassen können, bevor ich ihm meinen Mangel eines sozialen Lebens unter die Nase rieb, aber ich konnte mich anscheinend in seiner Gegenwart nicht zusammenreißen.

Er war einfach so verdammt gutaussehend und reich. Er strahlte so viel Respekt, Autorität und eine unvorstellbare Hitze aus, die ich tief in meinem Inneren verspürte.

Sein Lächeln wurde etwas breiter, und er nickte.

„Okay ... sind Sie sicher, dass Sie nicht einsteigen möchten? Sie zittern."

Noch mehr Scham durchströmte mich, und ich schüttelte den Kopf.

„Nein, alles gut", versprach ich. „Wir sehen uns drinnen."

Ich beeilte mich, wegzukommen, bevor ich mich noch weiter demütigen konnte, und rannte beinahe durch den Schnee, aber ich zwang mich schließlich, langsamer zu machen. Das Letzte, was ich wollte, war mit dem Gesicht zuerst in eine Schneewehe zu geraten, während er mich noch beobachtete.

Beobachtete er mich noch? Das hoffte ich, auch wenn ich wusste, dass er nur einen Blick auf meine tausend Pfund Winterbekleidung erhaschen würde.

Ich konnte es so oder so nicht wissen, aber der Gedanke brachte mich zum Lächeln. Als ich schließlich durch die Vordertür hereinkam und das Eis von meinen Stiefeln schüttelte, grinste ich immer noch innerlich wie eine Idiotin.

„Hattest du Spaß im Schnee?", neckte mich Krista. Sie wusste, was ich davon hielt. Bevor ich antworten konnte, blickte sie über meine Schulter und aus dem Fenster über den Rasen.

„Wo ist Lena?"

„Luke kam früher nach Hause", erklärte ich und zog meine Schneebekleidung aus. „Sie ist den Rest mit ihm gefahren."

„Hier." Krista streckte ihre Hand aus und nahm meine Kluft entgegen, aus der ich mich befreite. „Du hast übrigens Post."

Ich sah zum massiven Eichentisch im Foyer und bemerkte einen kleinen Haufen Briefe auf der glänzenden Oberfläche.

„Danke."

Ich schlenderte herüber und war endlich die extra Bekleidung los. Ich dankte Gott für wer auch immer beheizte Marmorböden erfunden hatte. Meine Socken waren nass, und ich hinterließ Spuren auf den grau-weißen Fließen, während ich ging.

„Ich gehe nach oben und bade vor dem Abendessen noch", sagte ich ihr. „Schreib mir, wenn du irgendetwas brauchst."

Krista spöttelte, als hätte ich das Dümmste gesagt, was sie je gehört hatte.

„Wenn ich irgendetwas brauche? Wann hast du jemals mitbekommen, dass ich irgendetwas brauche?"

„Touché", stimmte ich zu und lachte. Ich wandte mich den doppelläufigen Treppen zu, aber sie rief mich wieder zurück.

„Vergiss deine Post nicht!"

Grummelnd wirbelte ich wieder herum, schnappte sie mir und eilte die Stufen hoch, bevor sie mich noch einen Moment länger von meinem heißen Bad abhalten konnte.

. . .

Ich verbrachte länger als geplant in dem warmen Badewasser. Als ich schließlich aufstand, sah ich wie eine Trockenpflaume aus. Das war es aber definitiv wert, und ich ließ mir Zeit, mich für das Abendessen anzuziehen. Ich weiß, dass es lächerlich war, dass ich mich mit meinem Äußeren so ins Zeug legte. Logischerweise verstand ich, dass zwischen Luke und mir nie etwas laufen würde, das hielt mich aber nicht davon ab, mich wie ein Mädchen, das zum allerersten Mal verknallt war, zu benehmen.

Sei's drum, für wen sollte ich mich sonst hübsch machen? Es war nicht so, als hätte ich ein ausgeprägtes Sozialleben in Winthrop. Es gab andere Kindermädchen, die sich um Dutzende wohlhabende Kinder in der Region kümmerten, ja, aber ich blieb mehr oder weniger für mich allein. Das war schon immer so.

Und es standen auch definitiv keine Männer Schlange, die mit mir ausgehen wollten.

Ich betrachtete mein Spiegelbild, nachdem ich mich auf ein schlichtes, aber elegantes schwarzes Kleid mit ausgestelltem Rock entschieden hatte. Es setzte mein honigblondes Haar in Szene und machte meine hellbraunen Augen dunkler und irgendwie mysteriöser. Ich hatte ein schön strukturiertes Gesicht, herzförmig, wie man das nannte, mit hohen Wangenknochen und langen Wimpern. Ich würde keine Miss Amerika-Schönheitswettbewerbe gewinnen, aber ich konnte mich sehen lassen.

*Ich sehe nicht schlecht aus*, dachte ich und drehte mich um, um meinen Hintern im Spiegel zu überprüfen. Ich hatte all den Babyspeck verloren, der mich während meiner Kindheit und meiner Jugend geplagt hatte. Und ich hatte Rundungen an den richtigen Stellen, auch wenn ich es selbst behauptete.

Wenn ich doch nur Luke dazu bringen könnte, das zu bemerken.Manchmal wünschte ich, ich wäre mehr wie andere Frauen in meinem Alter – mutiger und verwegener. Ohne Angst, das zu tun, was ich wollte, wann ich es wollte. Ich hatte immer Angst, Wellen zu schlagen, das Richtige zu tun. Achtzehn Jahre als Pflegekind lehrt einen ein oder zwei Dinge über Konflikte und wie man sie vermeidet.

Ich schüttelte den Kopf ob meiner dummen Gedanken und ging auf die Tür zu. Ich wollte die Holloways nicht warten lassen.

Okay – ich wollte Luke nicht warten lassen, besonders wenn er etwas mit mir besprechen musste.

*Wer weiß?*, dachte ich in geistiger Abwesenheit. *Vielleicht wird er mir heute Abend vor allen seine unsterbliche Liebe gestehen.*

Ich schnaubte und ging aus dem Schlafzimmer.

## 2
# KAPITEL ZWEI
LUKE

Ich spürte Kopfschmerzen aufkommen, bevor sie überhaupt da waren. Es war keine Migräne oder ähnliches, zumindest noch nicht. Es war die Art, die langsam brannte, die, die von der Basis des Schädels anfing und sich Zentimeter für Zentimeter zum Gehirn hochschleicht, bevor man überhaupt die Chance hat, sie aufzuhalten.

„Daddy, du siehst gestresst aus", gab meine zu intelligente Tochter bekannt. „Was ist heute auf Arbeit passiert?"

„Nichts, das auch im entferntesten für dich von Interesse sein könnte", versicherte ich ihr. „Ich habe *Paw Patrol* nicht verkauft, wenn es das ist, was du wissen möchtest."

Sie sah mich mit weiten, ungläubigen Augen an.

„Dir gehört *Paw Patrol*?", stieß sie hervor, und ich musste lachen. Manchmal vergaß ich, wie jung sie war. Lena war schon immer eine alte Seele, besonders nach dem abrupten Verschwinden ihrer Mutter aus unserem Leben.

„Mir gehört *Paw Patrol* nicht", antwortete ich und lehnte mich über den Tisch, um ihre kleinen Wangen in meine Hand zu nehmen. „Das war nur ein Scherz."

Sie seufzte und warf mir einen gereizten Blick zu.

„Du darfst solche Dinge nicht zu mir sagen und dann erwarten, dass ich dich ernst nehme, Daddy."

Wieder war ich kurz vor einem Lachanfall. Dass ich früh von der Arbeit nach Hause gekommen war, war das Beste, was ich für mich tun konnte. In Lenas Gesellschaft schienen all die Probleme des Tages unbedeutend.

*Bis morgen*, dachte ich, und mein Lächeln erstarb leicht.

„Daddy! Du machst das wieder mit deinem Mund!"

Nichts entging meinem Mädchen.

„Ich habe gerade nur über etwas nachgedacht", sagte ich ihr ruhig. „Ich muss für ein paar Tage geschäftlich weg."

Ihre Augen blickten genervt, und sie lehnte sich vor und drapierte ihre Arme über das glatte Holz des Esstisches, um ihre Finger nach mir auszustrecken.

„Daddy! Ich habe Weihnachtsferien! Du kannst nicht über Weihnachten weg sein!"

„Baby, es tut mir leid, aber es geht nicht anders."

Das Licht änderte sich, was meine Aufmerksamkeit auf sich zog, und ich blickte auf und sah, wie Vivian das Zimmer betrat. Für eine Sekunde vergaß ich, was ich gerade gesagt hatte, als mein Blick über ihre schlanke, wohlgeformte Figur fiel, die von ihrem Kleid perfekt in Szene gesetzt wurde. Langsam glitten meine Augen über ihre Silhouette und folgten den Konturen ihres Körpers – vom cremefarbenen Hals bis zu ihren wohlgeformten Schenkeln und wieder zurück. Ihre Augen trafen auf meine, und wir verloren einen Augenblick, in dem wir uns einfach nur anstarrten.

„Hi Viv!", rief Lena und brach den Bann zwischen uns. „Daddy hat sein Versprechen gebrochen. Er verlässt mich."

Ein verwirrter Ausdruck machte sich auf Vivians Gesicht breit, und sie blickte mich an, eine Frage lag in ihren Augen. Ich schüttelte den Kopf.

„Ich breche mein Versprechen nicht, und ich verlasse dich

auch nicht", beharrte ich. „Ich muss nur aus dem Staat für ein paar—"

„Du lässt mich allein!", unterbrach Lena, und ich blickte sie finster an.

„Lena, achte auf dein Benehmen, bitte. Wenn du mich zu Ende reden lassen würdest—"

„Daddy, du hast versprochen, dass du bis zum neuen Jahr keine Geschäftsreisen machst! Es ist noch nicht Neujahr und Weihnachten ist nächste Woche. Was, wenn du nicht zurückkommst?"

„Wollten Sie das mit mir besprechen?", fragte Vivian, während sie sich neben Lena setzte. Ich nickte knapp. Meine Aufmerksamkeit war auf Lena gerichtet, ich war mir aber Vivians bernsteinfarbenen Augen, die mich aufmerksam beobachteten, bewusst.

„Schatz", begann ich und versuchte, Geduld zu bewahren. „Ich werde nur für drei Tage weg sein. Wenn ich zurück bin, werden wir all unsere üblichen Weihnachtstraditionen machen."

Lena schmollte und lehnte sich zurück und verschränkte ihre Arme über ihrer Brust. Ich konnte sehen, wie sich in ihren Augen Tränen der Wut bildeten, und ich hatte umgehend Schuldgefühle.

„Wir werden es uns schön machen, Lena. Wir können Plätzchen backen und im Schnee spielen—", setzte Vivian in einem schlichtenden Ton an und warf mir einen mitfühlenden Blick zu.

Ich hatte dem Kindermädchen nie von Kate, Lenas Mutter, erzählt, aber ich hatte den Eindruck, dass sie das bereits wusste. Wie konnte sie es nicht wissen, wenn das ganze Personal schon bei mir war, bevor Kate uns verlassen hatte? Es lag in der Natur des Menschen, zu tratschen und zu spekulieren, deshalb war es für mich keine Überraschung, dass es ihr jemand erzählt haben könnte. Ich vermutete, dass Vivian deshalb so ruhig mit Lena umging, selbst bei den seltenen Gelegenheiten, bei denen sie sich wie eine Göre verhielt.

„Du hasst den Schnee!", bellte Lena als Antwort, und ich spürte mein Temperament mit mir durchgehen. Verletzt hin oder her, ich konnte es nicht tolerieren, dass meine Tochter herumjammerte und ihr Kindermädchen respektlos behandelte, nicht, wenn Vivian sich ihr so hingab, um dafür zu sorgen, dass Lena glücklich und gut umsorgt war.

„Das reicht! Lena, wenn du dich nicht benehmen kannst, dann geh in dein Zimmer."

Entsetzen zeigte sich in ihren Augen, und sie starrte mich an, als hätte ich sie körperlich geschlagen. Sie schluckte sichtbar, und mich überkam noch mehr Scham, aber bevor ich irgendetwas sagen konnte, um die Situation zu entschärfen, sprang sie vom Tisch auf und rannte aus dem Esszimmer. Vivian und ich blickten ihr hinterher.

„Scheiße", murmelte ich. „Das hätte ich besser lösen können."

„Sie wird wieder", versicherte mir Vivian. Sie stand auf, um Lena hinterherzugehen, aber ich hielt sie auf.

„Sie hat Verlustängste", hörte ich mich sagen, und Vivian sah mich überrascht an. Sie sprach nicht, nickte aber langsam. Der Blick in ihren Augen sagte mir, dass ich mit meiner Vermutung richtig lag, dass sie es bereits wusste.

„Manchmal ist es unmöglich, alles im Griff zu haben."

Ich hatte keine Ahnung, warum ich all das vor dem Kindermädchen sagte. So gut wurde sie nun auch nicht bezahlt, um sich meine persönlichen Probleme anzuhören, aber der ganze Stress auf Arbeit befand sich auf einem Höhepunkt, und ich konnte es nicht länger unterdrücken.

Traurigerweise war es Vivian, die alles abbekam.

„Deshalb haben Sie Hilfe, Luke." Sie schien durch meinen mir untypischen Ausbruch überhaupt nicht abgeschreckt zu sein. „Es braucht ein Dorf, um ein Kind großzuziehen."

„Ich hatte ihr versprochen, um die Weihnachtszeit keine Geschäftsreisen zu machen", fuhr ich fort. „Sie hat nicht Unrecht, sauer zu sein."

„Warum nehmen Sie sie dann nicht einfach mit?"

Ich hob blitzschnell meinen Kopf und starrte sie mit schmalen Augen an.

„Ich kann sie nicht mitnehmen – ich habe eine Besprechung nach der anderen ..."

Unsere Blicke blieben aneinander haften, und sie grinste.

„Aber wenn Sie mit uns kommen", beendete ich und las dabei ihre Gedanken. Ich runzelte die Stirn, sobald die Worte meine Lippen verlassen hatten. „Aber eigentlich haben Sie dieses Wochenende frei. Ich möchte Sie nicht bitten, Ihre freie Zeit aufzugeben, nur um mit mir zu kommen. Ich meine, ich bezahle Sie natürlich dafür, aber ..."

„Ich würde ja sowieso arbeiten", erinnerte sie mich schnell. „Wenn ich hier bleiben würde. Was für einen Unterschied macht es also?"

Ich begriff, dass da was dran war, obwohl es mir ein noch schlechteres Gewissen machte, dass ich sie überhaupt in diese Lage gebracht hatte. Ich schob das beiseite. Sie war meine Angestellte – warum sollte ich also ein schlechtes Gewissen haben, wenn sie ein paar Überstunden machen musste? Es war ja nicht so, als würde ich sie nicht gut bezahlen. Sie hatte ihre eigene Suite, und ich gab ihr regelmäßige freie Tage. Vivian hatte sich noch nie beschwert, und sie schien es aufrichtig zu genießen, Zeit mit Lena zu verbringen. Ich hatte die beiden manchmal zusammen beobachtet und war ganz erfüllt von dieser Kombination aus Stolz und Wut, wenn ich sah, wie meine Tochter mit ihrem Kindermädchen interagierte. *Kate hatte Lena kein bisschen der Aufmerksamkeit gegeben, die das Kindermädchen zeigte.*

Ich wusste, dass ich mich glücklich schätzen konnte, dass ich Vivian hatte. Wir hatten vor ihr zwei andere Kindermädchen – beide passten gar nicht zu uns. Eine hatte mich wegen ungerechtfertigter Kündigung verklagt, als ich herausfand, dass sie in ihrem Schlafzimmer anschaffte, während Lena schlief.

Ja, ich war froh, dass Vivian bei uns war.

Aber als ich ihr zunickte und langsam die Pläne festmachte, sie noch mit auf den Flug am nächsten Morgen zu buchen, ertappte ich mich dabei, wie meine Augen die feste Rundung ihrer Brüste und entlang des flachen Bauchs unter ihrem Kleid wanderten. Ich konnte nicht anders – ich war schließlich ein echter Mann und sie ... nun, sie war ganz Frau, selbst wenn sie versuchte, keine Aufmerksamkeit auf sich zu ziehen.

Konnte das der Grund für mein schlechtes Gewissen sein, sie zu bitten, mit uns zu kommen, weil ich das Gefühl hatte, ich würde sie anmachen?

*Bist du verrückt?*, schnauzte ich mich an. *Selbst wenn du gedanklich dort hinwanderst, würde niemals irgendwas zwischen dir und dem Kindermädchen passieren. Dein Leben ist kompliziert genug, ohne dass du noch eine schmutzige Affäre mit einer deiner Hausangestellten anfängst.*

„Drei Tage?", fragte Vivian und brachte so meine abdriftenden Gedanken zum Stehen. „Sollte ich für so lange packen?"

Ich bewegte ruckartig meinen Kopf und katapultierte mich zurück in die Gegenwart. Ich zwang alle Gedanken, die nicht geschäftlich waren und/oder nichts mit Lena zu tun hatten, aus meinem Kopf, denn Gott allein wusste, dass ich schon genug am Hals hatte, ohne dem Ganzen noch Fantasien darüber hinzuzufügen, wie ich das Kindermädchen entkleidete.

„Lieber vier, nur für den Fall", antwortete ich langsam. „Packen Sie einen Badeanzug ein. In dem Hotel gibt es zwei Schwimmbäder."

Ich musste für Lena und Vivian noch eine zweite Suite arrangieren. Ich wusste, dass ich aufgrund meiner Termine abends die ganze Zeit Anlageinteressenten bespaßen würde, deshalb brauchte ich mein eigenes Zimmer.

„Lena wird das lieben", sagte Vivian und erhob sich von ihrem Stuhl. „Ich erzähle ihr die guten Neuigkeiten."

„Nein, nein", sagte ich und nahm meine Serviette von meinem Schoß, wo ich sie hingelegt hatte. „Ich werde es ihr sagen. Ich bin derjenige, der die Pluspunkte braucht, nicht Sie."

Sie lachte und setzte sich wieder auf ihren Stuhl.

„Stimmt."

Ich schlenderte zum Hauseingang und blieb stehen. Dann blickte ich zum Innenbalkon des Obergeschosses hinauf und erwartete schon halb, dass Lena dort oben saß und lauschte. Es wäre nicht das erste Mal gewesen, dass ich sie dort ertappt hätte, aber es schien so, dass sie diesmal wirklich aufgebracht war und sich in ihr Zimmer zurückgezogen hatte, um zu weinen.

„Oh ...", hörte ich Vivian seufzen und drehte mich zu ihr um.

„Was ist los?"

„Ich habe gerade bemerkt, dass mein Pass abgelaufen ist", ächzte sie. „Bitte sagen Sie mir, dass Sie in den Staaten geschäftlich zu tun haben?"

„Keine Angst. Das hab ich. Es ist ..." Ich lächelte. „Sie werden froh sein, zu erfahren, dass wir vom Schnee wegkommen, den Sie anscheinend so hassen."

Ich beobachtete, wie ihre Wangen rot wurden.

„Ich hasse den Schnee nicht", murmelte sie, aber selbst ich wusste, dass sie log.

„Nun, wie auch immer, wir gehen in die Wüste."

Sie blinzelte mich an, fast verständnislos.

„Die Wüste?", wiederholte sie, und ich bemerkte, dass es in meinem Kopf weniger verstörend klang. Ich beendete schnell meinen Gedanken.

„Ja. Wir gehen nach Las Vegas."

3
## KAPITEL DREI

VIVIAN

Ich war nicht nur noch nie in Vegas, sondern hatte auch nie den Wunsch, dort hinzugehen. Ich stand noch nie wirklich auf Glücksspiel. Sicher, ich hatte zu Hause mal einen Vierteldollar in einen Glücksspielautomaten geworfen, als mich meine Freunde in ein Casino gezerrt hatten, und ich habe auch ein- oder zweimal Poker gespielt, aber Sin City besuchen? Nicht wirklich meins.

Als aber Lukes Privatjet am Donnerstagmittag auf der Landepiste landete, veränderten sich meine Gefühl gegenüber der berüchtigten Stadt sofort.

Es war nicht so heiß, wie ich erwartet hatte, aber verglichen mit der Küste war es verdammt mild. Ich würde jederzeit fünfzehn Grad gegen zwei eintauschen.

Lena staunte so wie ich auch über die touristische Demonstration des Vegas-Strips, als wir uns unseren Weg zu einem Hotel bahnten, von dem ich noch nie gehört hatte. Wir reisten stilgerecht in einer Hummer-Limousine, die Luke gemietet hatte.

Es schien mir des Guten zu viel zu sein, allerdings war ich

noch nie zuvor mit ihm auf einer Geschäftsreise gewesen. Vielleicht reiste er ständig so.

Ein Teil von mir fragte sich aber, ob er das nicht vielleicht mit Absicht gemacht hatte.

*Du bist echt wahnhaft,* sagte ich zu mir und schüttelte den Kopf. Luke sah meinen Blick und kicherte. „Es ist protzig, nicht wahr?"

Besorgt, dass meine Gedanken sich auf meinem Gesicht widerspiegelten, starrte ich ihn schamvoll an.

„Nein ... nein, es ist toll", sagte ich ihm lahm. „Es ist größer, als ich erwartet hatte."

Er runzelte leicht die Stirn, hatte aber trotzdem noch einen amüsierten Blick in seinen grünen Augen.

„Witzig. Als ich Vegas zum ersten Mal gesehen habe, fand ich es um einiges kleiner, als ich es erwartet hatte."

Ich verstand dann, dass er gar nicht über die Limo sprach. Ich wusste nicht wirklich, was ich dazu antworten sollte.

„Daddy, können wir zu all diesen Orten mit den Lichtern gehen?", fragte Lena, die sich gerade vom Fenster wegdrehte, um uns anzusehen. Ich wusste, dass sie keine Ahnung hatte, was in den auffälligen Gebäuden vor sich ging.

„Ich habe für uns schon ganz viele Sachen gefunden, die wir machen können, während dein Dad arbeitet", versicherte ich ihr. „Es gibt einen Zirkus, einen Vergnügungspark—"

„Mit Fahrgeschäften?", quiekte Lena, und ich nickte. Ihr Gesicht strahlte vor Aufregung. Ich bemerkte den dankbaren Blick, den mir Luke zuwarf, und spürte einen Funken Zufriedenheit. Natürlich hätte ich trotzdem all die Dinge organisiert, aber zu wissen, dass er mit meinen Entscheidungen glücklich war, gab mir ein Gefühl ... ich weiß nicht. Nützlich zu sein.

War das mein Plan? Für ihn unentbehrlich zu sein? Ich hatte schon schlechtere Pläne gehabt.

Ich räusperte mich und schämte mich ein wenig für meine selbstreflektierenden Gedanken. Dann sah ich wieder aus den getönten Scheiben. Ich wünschte, ich hätte Lukes Angebot angenommen, etwas zu trinken, als wir in die Limo gestiegen waren.

*Das ist kein Date, Vivian. Du arbeitest.* Warum hatte ich urplötzlich Probleme, mich daran zu erinnern?

Wir hielten vor einem Tor, das dem um das Holloway-Haus ähnlich war. Der Fahrer hielt und sprach in eine Gegensprechanlage, bevor das Schmiedeeisen sich öffnete und wir durchfahren durften.

„Ein geschlossenes Hotel?", fragte ich halb staunend, halb alarmiert. Ich hatte noch nie zuvor so etwas gesehen. Ich hatte nicht einmal gewusst, dass es so etwas gab.

„Wartet, bis ihr es von innen seht", sagte uns Luke. „Es ist spektakulär."

Das bezweifelte ich nicht, besonders, als drei Hotelpagen vor einem Eingang im Boutique-Stil und in einem Marmor-Torbogen flankiert vor unserem Auto auftauchten.

„Willkommen im Reverie, Mr. Holloway", verkündete eine vierte Person und tauchte scheinbar aus dem Nichts auf. Sie war klein, vielleicht knappe eins sechzig groß, aber mit einem Hauch Würde und altem Geld, trotz ihres scheinbar jungen Alters.

„Hallo Cammy. Das ist meine Tochter Lena und ihr Kindermädchen, Vivian Isaac."

Cammy ignorierte mich unverhohlen und wandte mir buchstäblich den Rücken zu, um in die Hocke zu gehen und Lena mit gekünsteltsten kosenden Worten zu beehren.

„Oh, bist du nicht ein Schatz!", quietschte sie. „Dein Daddy redet die ganz Zeit nur von dir."

Lena starrte mit kalkulierenden smaragdgrünen Augen zu ihr hoch, während sie ihr Gesicht studierte.

„Er hat nie von Ihnen gesprochen", konterte meine kleine Heldin. Es erforderte all meine Willenskraft, Lena für diesen Kommentar nicht abzuklatschen.

Cammy verlor ihr falsches Lächeln und wirbelte abrupt auf ihrem Absatz herum in Richtung Eingang. Sie hatte plötzlich das Interesse verloren, sich bei Luke wegen seine Tochter einzuschleimen.

Ich schluckte ein Grinsen herunter und folgte Luke und Lena und warf einen letzten Blick auf die Vorderseite des Hotels. Ich nahm mir einen Augenblick, die Onyx-Brunnen und die von Hand bemalten Steine um die exotischen Blumen, die einen Granitstein umrandeten, aufzunehmen, den ich beim Hineingehen nicht bemerkt hatte.

*The Reverie, tatsächlich,* dachte ich, als ich in die offene Lobby ging. Es war eher ein Atrium, die Stockwerke waren vom Erdgeschoss aus alle zu sehen und von Glas umfasst. Es fühlte sich futuristisch an und ein bisschen beängstigend, wie ich zugeben musste.

„Sie werden in Ihrer üblichen Suite untergebracht, Mr. Holloway, und ich habe Miss Holloway mit der Helferin in der angrenzenden Suite untergebracht", sagte Cammy knapp und händigte Luke zwei Schlüsselanhänger aus. Sie hatte mich immer noch nicht angesehen, aber das musste sie auch nicht, damit ich die Feindseligkeit spüren konnte, die sie mir gegenüber ausstrahlte.

„Miss Isaac ist das Kindermädchen meiner Tochter", blaffte Luke sie an, und mein Kopf wirbelte ob seines Tons herum. Er klang zornig, auch wenn ich nicht verstehen konnte, warum.

„Das weiß ich, Mr. Holloway. Das haben Sie bereits erklärt."

„Habe ich von ihr jemals als ‚die Aushilfe' oder ‚meine

Aushilfe' gesprochen oder habe ich das Wort ‚Hilfe' überhaupt verwendet?"

Meine Lippen öffneten sich vor Überraschung, während ich beobachtete, wie sein berüchtigtes Temperament aufflammte. Ein Schauer überkam meinen Körper aufgrund seiner Heftigkeit.

Er verteidigte meine Ehre ... oder so ähnlich.

„Das habe ich so nicht gemeint", murmelte Cammy und sah so geschockt aus, wie ich mich fühlte. Ich habe die Verhöhnung kaum wahrgenommen, aber ehrlich gesagt war ich es gewohnt, unter meinen wohlhabenden Arbeitgebern als Bürger zweiter Klasse gesehen zu werden. Es machte mir nichts aus ... na ja, es machte mir nicht viel aus.

„Können Sie freundlicherweise das, was Sie gerade gesagt haben, anders formulieren?" Es war keine Frage, es war ein Befehl, und Cammy verschwendete keine Zeit, ihren Fauxpas glattzubügeln.

„Ich habe Miss Holloway und Miss Isaac in der angrenzenden Suite zu Ihrer untergebracht, Mr. Holloway."

„Das ist besser."

Er wirbelte herum und packte Lenas Hand. Ich konnte nicht umhin, Cammy anzusehen, die meinen entschuldigenden Blick unheilvoll erwiderte. Ich wusste, dass es nicht meine Schuld war, dass sie zusammengestaucht worden war, aber ich fühlte mich ganz leicht verantwortlich für diese Begegnung. Cammy schien andererseits zu denken, dass ich voll und ganz dafür verantwortlich war.

Ich drehte mich weg und eilte hinter dem Vater und der Tochter her. Luke blickte immer noch finster drein, als wir in den Fahrstuhl stiegen und ich war nicht sicher, ob ich etwas sagen sollte oder nicht. Zum Glück meldete sich meine kleine Retterin in meinem Namen zu Wort.

„Warum warst du so böse auf diese Frau, Daddy?"

Luke bedachte mich mit einem Seitenblick.

„Weil manche Menschen unhöflich sind, Schatz, und in ihre Schranken gewiesen werden müssen."

„Wem gegenüber war sie denn unhöflich?", fragte Lena, und mein Gesicht wurde ganz heiß. Er machte eine viele größere Sache daraus als nötig, er war aber mein Chef, und ich wollte ihm vor Lena nicht widersprechen.

*Oder vielleicht freust du dich ja insgeheim darüber.*

„Das ist egal, Lena. Denk du einfach immer daran, freundlich zu sein, okay? Du bist nicht besser als irgendjemand anderes auf der Welt, nur weil du so viel Glück hattest, Geld zu haben."

Lena drehte ihren Kopf nach hinten, um interessiert das Gesicht ihres Vaters anzusehen.

„Ich habe Geld?"

„Egal", seufzte Luke und realisierte, dass seine wichtige Lektion nicht bei seiner junge Tochter ankam.

Der Fahrstuhl hielt im neunzehnten Stockwerk. Es gab nur noch ein weiteres Stockwerk, und ich nahm an, dass es dort eines der Schwimmbäder und ein Restaurant gab.

„Hier entlang, Mr. Holloway", wies der Hotelpage an und kämpfte mit der Tasche, die ich sowohl für Lena als auch für mich gepackt hatte. Wir hielten vor einer der Penthouse-Suiten, und ich sah mich verwirrt um. In diesem Stockwerk gab es nur zwei Suiten. Wenn er eine hatte und wir die angrenzende ...

„Die Damen, Sie sind auf der anderen Seite", rief uns ein anderer Hotelpage zu.

Oh. Wir hatten ebenfalls unser eigenes Penthouse.

Das war wirklich sehr großtuerisch.

„Warum macht ihr beiden euch nicht frisch und wir treffen uns für ein spätes Mittagessen", schlug Luke vor. „Ich muss ein paar Telefonanrufe tätigen, ich klopfe aber an eure Tür, wenn ich fertig bin."

„Kann ich bei dir bleiben, Daddy?", fragte Lena.

„Warum hilfst du mir nicht beim Aussuchen unserer Kleidung, Lena?", fragte ich sie, da ich wusste, dass Luke ihren Wunsch ablehnen musste. Er konnte nicht arbeiten, wenn sie im Hintergrund herumschwirrte.

Eine Minute lang dachte ich, Lena würde möglicherweise ablehnen, aber sie nickte, auch wenn widerwillig, und nahm meine ausgestreckte Hand. Luke warf mir einen dankbaren Blick zu, und wir tauschten ein kleines Lächeln aus.

„Gebt mir eine Stunde, höchstens", versprach er.

„Lassen Sie sich Zeit", antwortete ich lässig. „Wir Damen brauchen Zeit, um gut auszusehen, nicht wahr, Lena?"

„Das stimmt, Daddy. Prinzessinnen können nicht in zehn Minuten fertig sein."

Ich schenkte Luke einen bedeutungsvollen Blick, und er verlor den wütenden Gesichtsausdruck, den er seit Verlassen der Rezeption hatte.

„Notiert", antwortete er trocken.

Ich benutzte den Schlüsselanhänger, um die Tür aufzuschließen, und staunte beim Anblick des hübschen Apartments vor uns.

Es hatte all den Komfort von Zuhause, einschließlich einer hochmodernen Küche, zwei Kaminen und ein etwas tiefer abgesetztes Wohnzimmers.

Vom Rundum-Balkon hatte man einen Ausblick auf die ganze Stadt und all ihrer Pracht. Er machte mich etwas nervös, da das klare Glas eine zu kleine Barriere zu sein schien.

„Mir gefällt das Hotel in Paris besser", informierte mich mein Prinzessinnen-Schützling, und ich musste kichern. Als ich in ihrem Alter war, hatte ich schon in meiner vierten Pflegefamilie in einem Schlafzimmer im Keller mit zwei anderen Kindern gewohnt.

Ich ging zu ihr ins Hauptschlafzimmer, wo Lena es geschafft

hatte, den Koffer aufzumachen. Der Page hatte angeboten, ein Hausmädchen hochzuschicken, um alles wegzuräumen, ich lehnte aber ab. Ich konnte nicht noch mehr Verwöhnen erlauben, ansonsten wäre mir der Schädel explodiert.

„Können wir schwimmen gehen?", fragte Lena mich eifrig, und ich nickte.

„Wir sind drei Tage hier", erinnerte ich sie. „Teilen wir uns unsere Kräfte lieber ein."

Lena schmollte, ließ sich dann auf den Bettrand fallen und schaukelte ihre Beine leicht.

„Bist du und mein Dad Freund und Freundin?"

Die Unverblümtheit der Frage verwirrte mich und war mir gleichzeitig peinlich.

„Ich ... was? Woher weißt du von Freunden?", verlangte ich, indem ich mich auf die beste Ablenkung stürzte, die mir unter dem Druck eingefallen war.

„Du hast meine Frage nicht beantwortet."

Vielleicht war sie ihrem Vater doch ähnlicher, als ich dachte. Sie würde eines Tages aus eigener Kraft einen richtig guten CEO abgeben.

„Nein, natürlich nicht!", antwortete ich. „Wie kommst du denn darauf?"

Ich hoffte, es würde ihr nicht auffallen, wie knallrot meine Wangen geworden waren. Lena antwortete nicht sofort, und ich hörte auf, so zu tun, als wäre ich mit meinen Klamotten beschäftigt, und sah sie an.

„Lena?"

Ihr Gesicht sah unerträglich traurig aus, und ich spürte vor Besorgnis einen Stich.

„Ich hatte das nur gehofft", antwortete sie schließlich kleinlaut. „Ich mag dich mehr als meine anderen Kindermädchen. Ich mag dich mehr als meine Mom."

Ein Anfall von Sorge und Schmerz berührte meine Seele.

Ich streckte meine Hand nach ihr aus und strich ihr eine Strähne ihres dunklen Haares aus dem enttäuschten Gesicht.

„Ich mag dich auch", sagte ich sanft zu ihr. „Egal was passiert, ich werde dich immer mögen, okay?"

Sie blickte mich prüfend an. „Aber wenn du und Daddy Freund und Freundin wärt, dann wärst du wie meine Mom, nicht wahr?"

„Schatz, ich muss nicht mit deinem Dad zusammen sein, um mich um dich zu kümmern", sagte ich, und ein Knoten bildete sich in meiner Kehle.

„Ich schätze schon."

Es war nicht die Antwort, die sie hören wollte, aber was konnte ich ihr denn sonst sagen?

*Tut mir leid, Kind, aber Männer wie dein Dad verlieben sich nicht in die Aushilfe. Das passiert nur in Märchen.* Das würde nie funktionieren.

„Komm schon", drängte ich sie und war entschlossen, den traurigen Ausdruck aus ihrem Gesicht zu tilgen. „Du solltest mir eigentlich helfen, mich anzuziehen, erinnerst du dich?"

Sie nickte, aber ich konnte sehen, dass ihr Herz nicht bei der Sache war.

„Wie steht's mit dem?", fragte ich zum Spaß und zog meinen Badeanzug heraus. „Kann ich damit zum Mittagessen?"

Zu meiner Erleichterung kicherte sie und langte selbst in den Koffer.

„Nur wenn du ihn mit diesem Rock trägst."

Als sie das Kleidungsstück herauszog, fiel ein Brief auf den Boden. Ich sah ihn interessiert an, während Lena vom Bett glitt, um ihn aufzuheben.

„Was ist das?", fragte sie und gab ihn mir. Ich bemerkte, dass es die Post war, die ich am Vortag auf meinem Weg zu meinem Bad mitgenommen hatte. Ich musste sie in meiner Eile zu packen in meinen Koffer gesteckt haben. Ich hatte kaum eine

Chance, mir den Briefkopf anzusehen, als es an der angrenzenden Tür klopfte.

„Daddy ist schon fertig!", kreischte Lena vor Aufregung und lief zur Tür in der Küche.

Ich warf den Umschlag auf das Bett und lief zu ihnen. Als ich aber dort ankam, wo Luke an der Tür stand, konnte ich sehen, dass etwas nicht stimmte.

„Ich schaffe es nicht zum Mittagessen", sagte er grimmig und ohne Einleitung. „Mir ist was dazwischen gekommen."

Er gab mir eine Kreditkarte und nickte zu Lena.

„Ich habe keine Ahnung, wann ich zurück sein werde, aber belasten Sie für alles, was Sie brauchen, diese Karte und lassen Sie Ihr Handy an. Ich werde Sie anrufen, wenn ich früher da herauskomme."

Irgendetwas an seinem Tonfall sagte mir, dass er gar nicht daran glaubte, dass das passieren würde.

„Daddy, du hast es versprochen!", knurrte Lena vor Frustration.

„Gehen Sie einfach", formte ich zu Luke mit meinen Lippen. Ich konnte sehen, dass ein Ausraster bevorstand, und ich wusste, dass ich es Luke nicht zumuten konnte, die volle Wucht zu ertragen. Es war offensichtlich, dass sein Stresslevel immer weiter zunahm.

Er ging in die Hocke, um seine Tochter zu umarmen.

„Sei brav für Vivian", sagte er müde. Ich kam nicht umhin, dass er mir leid tat. Was auch immer auf Arbeit gerade passierte, es belastete ihn schwer.

„Aber Daddy—"

„Der, der als letztes im Schwimmbad ist, muss Krista mit dem Weihnachtsessen helfen", fiel ich ein und gebärdete Luke geschickt, zu gehen.

Lena drehte sich um und starrte mich an, aber ich konnte

sehen, dass die Erwähnung des Schwimmbads sie bereits abgelenkt hatte.

„Nicht fair!", beschwerte sie sich." Du hast längere Beine! Du bist schneller da!"

*Das Leben ist nicht fair, Kind,* dachte ich still. *Wenn es das wäre, dann hätte ich vielleicht tatsächlich eine Chance, die Freundin deines Dads zu werden und nicht nur „die Aushilfe".*

## KAPITEL VIER

LUKE

Ich gab freiheraus zu, dass ich betrunken war, und ich würde mich bei niemandem dafür entschuldigen. Nach diesem Abend, der Besprechung mit meinem Partner über unsere Optionen für eine Fusion oder einen baldigen Verkauf, wollte ich einfach meine Sorgen im Alkohol ertränken und vergessen, dass dieser Abend je stattgefunden hat.

Es war unser letzter Abend in Vegas, was letztendlich ein Schwall an Besprechungen und Abendessen und einer besonders schrecklichen Show mit irgendeiner beliebten R&B-Künstlerin war, deren Stimme mich an eine rollige Katze erinnerte.

Der ganze Zweck unseres Besuchs bestand darin, unsere Investoren zu sichern, von denen einige nach einem besonders schlechten Monat auf dem Aktienmarkt misstrauisch geworden waren. Dutzende von Variablen haben zu einer Reihe von schlechten Spekulationen beigetragen, und das Unternehmen, das ich eigenhändig aufgebaut habe, stand vor seinem ersten richtigen Schrecken in fünfzehn Jahren.

Dave hatte Vegas vorgeschlagen, und ich war anfangs gegen diese Idee gewesen. Ich war nie wirklich Fan dieser protzigen Stadt, aber mein Kollege Dave Kutchings kannte sich mit PR aus, und ich konnte ihm nicht wirklich eine Abfuhr erteilen, wenn seine Idee solide war. Ganz egal wie sehr ich die Idee verabscheute, die widerlichsten Männer und Frauen, die man sich nur vorstellen konnte, im anrüchigsten Ort der Erde fürstlich zu bewirten.

Außerdem widerte ich mich selbst etwas an, dass ich eine Sechsjährige nach Vegas mitgenommen hatte, auch wenn es zu dem Zeitpunkt eine gute Idee zu sein schien.

*Jetzt ist es egal. Die Krise wurde abgewandt – fürs Erste –, und morgen kehren wir nach Boston zurück.*

Ich hatte Lena seit dem ersten Tag nicht ein einziges Mal gesehen. Wenn ich sagte, dass ich ein schlechtes Gewissen hatte, war das eine Untertreibung. Ich war von Selbsthass geplagt, weil ich sie und Vivian absichtlich gemieden hatte, und ich wusste, dass ich mit einem Tobsuchtsanfall konfrontiert werden würde. Natürlich hatte ich mit Vivian gesprochen, die mir versicherte, dass sie sich amüsierten. Aber ich wusste, dass sie mich nur zu besänftigen versuchte. Wenn es Lena schlecht ging, dann würde sie mir ganz bestimmt nicht davon erzählen wollen, da war ich mir sicher. Dafür bezahlte ich ihr ja schließlich all die Kohle.

Ich machte mir eine innerliche Notiz, Vivian einen riesigen Weihnachtsbonus zu geben.

Meine Verpflichtungen waren zeitintensiver, als ursprünglich angenommen, und die letzten beiden Nächte war ich erst nach drei Uhr morgens in meine Suite zurückgekehrt. Ich hatte geplant, in die Suite der Mädchen zu schleichen und nach Lena zu sehen, aber ich wollte Vivian keine Angst einjagen, wenn ich wusste, dass sie schlief.

In jener Nacht war es aber erst kurz nach Mitternacht, und ich vermisste mein Kind. Ich wollte ihr zumindest zum ersten Mal seit Tagen einen Kuss geben und wie ich sagte – ich spürte keinen Schmerz. Die Schnäpse im Caesar's Palace wärmten meinen Magen und benebelten mein Urteilsvermögen nur so weit, dass ich ohne weiter darüber nachzudenken durch die angrenzende Tür zwischen unseren Suiten ging.

Das Licht war noch an, und ich atmete vor Erleichterung aus. Wenigstens war Vivian noch wach – oder zumindest sah es ganz danach aus.

„Vivian?", rief ich in einem hörbaren Flüstern. „Sind Sie da?"

Was für eine dumme Frage – wo sollte sie denn sonst sein?

Ich schloss die Tür hinter mir und schlich in die Suite und fühlte mich plötzlich lächerlich. In einem klaren Moment stand ich in der kleinen Küche und zog in Betracht, wieder zu gehen, aber ich wusste, dass Lena nur ein paar Meter entfernt war. Ich würde ihr nur einen Kuss geben und—

Ein Geräusch lenkte mich davon ab, meinen eigenen Gedanken zu Ende zu bringen, und ich spannte mich an und lauschte.

„Vivian?", rief ich wieder mit leiser Stimme. Ich ging auf das tieferliegende Wohnzimmer zu, und erst dann sah ich sie auf der Couch zusammengekrümmt mit tränenüberströmtem Gesicht.

„Oh, scheiße", murmelte ich und eilte zu ihr hin. „Was ist passiert? Wo ist Lena?"

Sie riss ihren Kopf hoch und starrte mich entsetzt an. Sie hatte mich offensichtlich nicht hereinkommen hören. Ich bemerkte die leere Flasche Pinot Grigio auf dem Couchtisch, und ein Funken Wut kam in mir auf.

„Sind Sie betrunken?", verlangte ich und bemerkte voller Scham, dass ich meine eigenen Worte lallte.

Aber *du bist nicht derjenige, der dafür bezahlt wird, sich um deine Tochter zu kümmern.*

Hastig wischte sie sich die Tränen von ihrem Gesicht und schüttelte den Kopf.

„Nein, Luke", murmelte sie und drehte ihren Kopf weg, als

wollte sie nicht, dass ich ihre blutunterlaufenen Augen sehe. „Ich trinke an der Flasche schon seit unserem ersten Tag hier."

Ich entspannte mich augenblicklich. Sie schien nicht alkoholisiert zu sein – nur wirklich aufgebracht. Ich ging auf sie zu und setzte mich neben sie auf die Couch, während ich die Stirn runzelte und sie fragend anstarrte.

„Warum weinen Sie? Ist was mit Lena?"

„Nein, natürlich nicht." Es lag fast schon Verärgerung in ihrer Stimme. „Ich hätte Ihnen Bescheid gegeben, wenn was mit Lena gewesen wäre."

Ich schlussfolgerte, dass sie Recht hatte. Ich schüttelte den Kopf und versuchte etwas Klarheit in die Situation zu bekommen. Erst dann sah ich den Brief auf dem Couchtisch neben der leeren Flasche.

Ohne um ihre Erlaubnis zu bitten, beugte ich mich rüber, um ihn zu nehmen.

„Nein, warten Sie!", keuchte Vivian und griff nach meiner Hand, aber es war zu spät. Ich sah exakt, was da stand, und das Blut schoss mir in den Kopf.

„Was ist das?", verlangte ich und wedelte damit herum und erhob meine Stimme. „Seit wann wissen Sie davon?"

„Ich habe es gerade erst erfahren", murmelte sie. „Als wir hier ankamen. Ich wollte es Ihnen erzählen, wenn wir wieder zu Hause sind."

Ich machte eine verächtliche Bemerkung und las den sachlichen Brief noch einmal, der das Leben meiner Tochter ruinieren würde.

„Wie konnten Sie es so weit kommen lassen?", schnauzte ich sie an. „Warum haben Sie nichts zu mir gesagt?"

„Die Gesetze wurden geändert, Luke! Ich hatte keine Ahnung, dass es so schlimm sein würde, besonders als kanadische Staatsbürgerin, aber ..."

Sie verstummte allmählich, und ich nickte in Richtung Brief der United States Citizenship and Immigration Services.

„Ich setze meine Anwälte darauf an", schnaubte ich. „Sie gehen nirgendwo hin."

„Wir haben keine Zeit", stöhnte sie. „Ich muss nächste Woche zurück in Vancouver sein, ansonsten holen sie mich."

„Das werde ich nicht zulassen!", sagte ich mit Nachdruck, aber noch während ich es aussprach, dachte ich daran, welche Auswirkungen selbst so ein geringer Skandal auf meine Firma hätte. Ich konnte es mir nicht leisten, damit in Verbindung gebracht zu werden, eine illegale Arbeiterin zu beherbergen, nicht bei dem derzeitigen politischen Klima.

Was für ein verdammtes Durcheinander.

„Ich muss nach Hause gehen", sagte Vivian leise, während ein erneuter Tränenausbruch aus ihren glänzenden hellbraunen Augen folgte. „Ich habe keine andere Wahl, Luke."

Unter gar keinen Umständen würde ich sie gehen lassen, nicht wenn Lena mit ihr eine bessere Beziehung aufgebaut hatte als mit irgendwem zuvor, seit ihre armselige Mutter abgehauen war. Meine Tochter würde sich von solch einem Schlag nie erholen.

„Nein", beharrte ich. „Sie gehen nirgendwo hin. Lassen Sie mich ein paar Anrufe tätigen und—"

„Sie dürfen sich nicht darin verstricken."

Sie sagte das mit solch einer sanften Endgültigkeit, dass ich ganz überwältigt war.

„Ich weiß, dass Ihr Unternehmen Probleme hat", murmelte sie und wandte ihren Blick von mir ab. „Das Letzte, was Sie gebrauchen können, ist noch eines."

„Und was denken Sie, wird passieren, wenn Lena erfährt, dass Sie uns verlassen?", verlangte ich. „Meinen Sie, dass das keine Spannungen verursachen wird?"

Ich hatte nicht vor, das so sarkastisch klingen zu lassen, aber meine Gefühle gingen mit mir durch. Und die Qual in ihrem Gesicht zu sehen, half hierbei nicht wirklich. Meine Gedanken rasten, während ich unsere Optionen in Betracht zog.

„Ich werde jetzt sofort meinen Anwalt anrufen." Sie hielt mich nicht auf, als ich mein Handy herausholte und nach Cory Stephens Nummer in meinen Kontakte suchte, aber ich sah nicht viel Hoffnung in ihren Augen.

Mein Anwalt antwortete beim vierten Klingeln, und er klang angepisst.

„Keine Geschäftszeit", murmelte er mir zu.

„Da wo Sie sind, ist es erst zehn", blaffte ich zurück. „Wer geht schon um zehn ins Bett?"

„Ein Vater von vier Kindern", konterte er. „Was ist los, Luke?"

„Ich habe ein Problem, und es ist dringend."

Mein Geständnis löste am anderen Ende der Leitung ein tiefes Seufzen aus, ich fuhr aber fort. Ich erklärte ihm, dass mein Kindermädchen kurz davor war, aufgrund eines abgelaufenen Visums nach Hause geschickt zu werden.

„Und? Reichen Sie die Unterlagen ein und holen Sie sie dann zurück. Es sollte nicht länger als ein paar Monate dauern."

Ich dachte darüber nach, wie sehr sich Lena in ein paar Monaten verändern würde, wie das Vertrauen, das sie nicht nur zu Vivian, sondern auch zu mir aufgebaut hatte, nachlassen würde.

*Nein. Sie hatte schon zu viel durchgemacht. Ich lasse nicht zu, dass meine Tochter wieder im Stich gelassen wird, selbst wenn es nur vorübergehend wäre.*

„Sie wird nicht gehen, nicht mal für einen Tag", sagte ich ihm. „Geben Sie mir noch eine Lösung."

Ich spürte, wie mich Vivian aus dem Augenwinkel heraus beobachtete, in ihrem Gesicht gab es aber keine Erwartungen. Ich konnte sehen, dass sie keinerlei Zuversicht in meine Fähigkeit hatte, sie bei uns zu behalten.

„Luke, Sie sind bereits knietief in der Scheiße", erinnerte mich Cory. „Gehen Sie einfach durch die ordnungsgemäßen Kanäle, bevor Ihre Investoren—"

„Ich habe nicht um eine Geschäftslektion gebeten", knurrte ich. „Bieten Sie mir eine Lösung an."

Es entstand eine lange Stille, bevor mein Anwalt wieder sprach. Als er sprach, stellten sich mir erwartungsvoll die Haare an den Armen auf, und meine Augen schossen zu Vivian hinüber. Ihr Kopf war auf der Couch zurückgelehnt, und sie hatte ihre Augen geschlossen.

„Ich verstehe", murmelte ich, und mein Kopf schwirrte, nachdem er fertig war. „Und das wird funktionieren?"

„Ich empfehle es nicht, Luke. Die Regierung wird Ihnen dann auf die Pelle rücken—"

„Danke, Cory."

Ich beendete das Gespräch, da ich keine Warnungen mehr von ihm hören wollte. Er musste nicht die Probleme erläutern, die vor mir liegen würden, wenn ich das durchzöge. Ich dachte aber darüber nach, was die Alternative wäre. Es würde Lena auseinandernehmen, wenn ich es nicht täte.

*Das ist die einzige Möglichkeit.*

„Er kann nicht helfen", sagte Vivian stumpf.

„Er hat weitergeholfen", antwortete ich langsam und warf mein Handy auf den Couchtisch. „Es gibt eine Möglichkeit, damit Sie bleiben können, aber die könnte Ihnen nicht gefallen."

Sie sah mich erwartungsvoll an, und Verwirrung machte sich auf ihrem hübschen Gesicht breit.

„Und die wäre?"

„Sie können mich heiraten."

Die Aussage hing in der Luft wie abgestandener Zigarettenrauch, und ich versuchte, ihren Gesichtsausdruck zu deuten. Ich denke nicht, dass ich je in meinem Leben so einen gesehen hatte. Es war eine Kombination aus Überraschung und Unglauben, zusammen mit ... Verlangen?

„Das verlangt viel von Ihnen ab", fuhr ich fort, bevor sie ablehnen konnte. „Aber natürlich wäre es keine richtige Ehe und sobald Ihre Staatsbürgerschaft durch ist, lassen wir uns scheiden."

Ihr Gesicht verzerrte sich noch mehr, und ich hatte das Gefühl, ich würde das Falsche sagen.

„Eine Scheidung?", murmelte sie. „Was ist mit Lena?"

Mein Herz setzte einen Schlag aus. Eine Scheidung wäre für sie auch nicht gut. Aber wenn Vivian im Haus bleiben würde, selbst nach unserer Trennung, dann wäre das doch kein Problem, oder? Egal, wir konnten uns damit befassen, wenn es soweit war.

Das sprach ich laut aus.

„Eins nach dem anderen", wand ich mich heraus. „Das ist das dringendere Problem, Vivian. Wir sind bereits in Vegas. Es wird ein Leichtes sein, jemanden zu finden, der uns heute Nacht traut. Das wird die Formalitäten vorantreiben, sagt Cory."

Ihr Gesichtsausdruck änderte sich in etwas, das ich nur als Fassungslosigkeit deuten konnte, und ich wusste, dass ich eine Menge Druck auf sie ausübte. Es war aber unsere letzte Nacht in Vegas ...

„Vivian, ich weiß, es ist—"

„Ja", unterbrach sie schnell, und ich war jetzt an der Reihe, verwirrt zu sein.

„Ja, es ist zu viel verlangt?"

Sie schüttelte den Kopf und auf ihren Lippen bildete sich ein zaghaftes Lächeln.

„Nein. Ja, ich werde Sie heiraten."

# KAPITEL FÜNF

## VIVIAN

Luke und ich schwiegen beide auf dem Rückflug und versuchten das zu verarbeiten, was wir letzte Nacht getan hatten. Bereute er es, dass wir den Rund-um-die-Uhr-Kinderbetreuungs-Service angerufen hatten, um auf Lena aufzupassen, während wir zur nächstgelegenen Hochzeitskapelle gegangen waren, um unsere illegalen Aktivitäten offiziell zu machen? Nahm er es mir übel, dass ich zugestimmt hatte, ihn zu heiraten, wenn er ganz offensichtlich nicht klar dachte? Was würde passieren, wenn wir erst mal zu Hause waren und die USCIS an die Tür klopfte?

Ich für meinen Teil wusste nicht, wie ich darüber dachte. Okay, das war eine Lüge – ich war begeistert. Ich war Mrs. Luke Holloway, wenn auch nur im Namen. Ich war jetzt praktisch Lenas Stiefmutter, eine Tatsache, die wir ihr noch offenbaren mussten.

Ich warf ihm einen verstohlenen Blick zu, er aber schien ganz gefesselt von etwas zu sein, das er auf seinem Tablet las.

„DADDY!", brüllte Lena. „Hörst du mir überhaupt zu?"

„Ja." Sein Ton war emotionslos, und das reichte, um von

meiner Aufregung wie bei einem aufgestochenen Ballon die Luft herauszulassen. Er klang abgeschlagen und unglücklich.

„Was habe ich denn gesagt?", forderte Lena ihn heraus und verschränkte ihre Arme vor der Brust und starrte ihn trotzig an.

„Du hast mir von all den Orten erzählt, die du in Vegas gesehen hast."

Wieder lag keinerlei Emotion in seiner Stimme, kein Hinweis darauf, dass er irgendetwas anderes außer Bedauern ob seiner Entscheidung der letzten Nacht fühlte.

Oh Gott. Was hatten wir getan? Wie würde Lena reagieren, wenn wir es ihr erzählten?

Wir hatten das nicht besprochen, aber früher oder später mussten wir uns damit befassen.

„Daddy, ich habe dich drei ganze Tage nicht gesehen", beschwerte sich Lena. „Kannst du denn nicht wenigstens so tun, als würdest du mir deine Aufmerksamkeit schenken?"

Ein stechendes Gefühl der Traurigkeit machte sich in meinem Herzen breit. Lena wollte keine Göre sein. Ich wusste, dass sie Luke während unseres Aufenthalts in Sin City vermisst hatte. Auch wenn ich mein Bestes gegeben hatte, sie abzulenken und auszupowern, damit sie einschlafen würde, sobald wir zurück im Hotel waren, fehlte ihr ganz klar und deutlich etwas während der Reise.

Auf Lena fokussiert zu bleiben, war angesichts der Tatsache, dass ich den Brief am allerersten Tag geöffnet hatte und seitdem total frustriert und besorgt gewesen war, keine einfache Aufgabe gewesen. Ich hatte vor, Luke davon zu erzählen, wenn wir wieder in Boston waren, aber offensichtlich hatte er es vorher herausgefunden. Wenn ich gewusst hätte, dass er in jener Nacht in unsere Suite kommen würde, dann hätte ich den Brief versteckt – und vielleicht etwas Provokanteres angezogen als meinen Schlafanzug mit den Affen darauf.

Aber jetzt waren wir verheiratet. Ich hatte den Mann gehei-

ratet, in den ich seit der ersten Woche verknallt war, seit ich bei den Holloways angefangen hatte.
Und er bereute es bereits. Ich konnte es in seinem Gesicht sehen.
„Ich ignoriere dich nicht, Lena", seufzte Luke und legte sein Tablet beiseite. „Ich bin einfach sehr müde. Ich habe letzte Nacht nicht viel geschlafen."
Zum ersten Mal, seit wir in das Privatflugzeug gestiegen waren, sah mich Luke an, und ein gequältes Lächeln bildete sich auf seinen Lippen. Mein Herz setzte aus, und ein tiefes Gefühl der Erleichterung überkam mich, als ich erkannte, dass er mich nicht hasste – oder zumindest nicht in dem Ausmaß, wie ich gedacht hatte.
„Warum denn nicht?", fragte Lena neugierig. „Hattest du Besprechungen?"
Er lachte leise und bedeutete ihre, sich auf seinen Schoß zu setzen. Eifrig sprang Lena von ihrem Sitzplatz und hüpfte auf seinen Schoß und legte ihren Kopf an seine Brust. Meine Brust schwoll bei diesem vertrauten Gefühl an, das ich immer dann bekam, wenn ich die Nähe zwischen den beiden sah. Aber dieses Mal war es zusammen mit Neid, da ich wünschte, ich könnte diejenige sein, die auf Lukes Schoß saß. Ich wollte diejenige sein, die seinen Herzschlag an ihrem Ohr hörte, den Duft seines sportlichen Aftershaves einatmete und einfach von ihm getröstet wurde.
*Eines Tages vielleicht ...*
Ich zwang meine Gedanken nicht dort hinzuwandern. Unsere Verbindung war keine, die auf Gefühlen für jemand anderes außer Lena basierte. Keiner von uns wollte, dass sie noch mehr erlitt, als schon geschehen war, und wir hatten getan, was wir tun mussten, um dafür zu sorgen, dass das nicht geschah.

*Deshalb begingen wir ein Verbrechen gegen die Regierung der Vereinigten Staaten – um ihr Glück sicherzustellen.*

„Nein, ich hatte keine späten Besprechungen", erzählte ihr Luke. „Ich kam übrigens zu dir, als ich gestern Nacht fertig war, aber du hast schon geschlafen."

Lena zog ihren Kopf zurück, um sein Gesicht zu betrachten.

„Wirklich?", verlangte sie. „Warum hast du mich nicht aufgeweckt?"

„Weil du wie ein Engel geschlafen hast, und ich wusste, dass ich dich heute sehen würde."

Sie sah mich mit argwöhnischem Blick an.

„Es stimmt", räumte ich ein. „Er war da."

„Lena", fuhr Luke fort und warf mir einen schnellen Blick zu, bevor er wieder das Mädchen ansah. „Vivian und ich müssen mit dir über etwas reden."

Mir wich alle Farbe aus dem Gesicht, und ich öffnete zum Protest meinen Mund.

Er konnte es ihr nicht jetzt erzählen! Wir hatten keine Ahnung, wie sie reagieren würde.

Ich dachte an das Gespräch, das Lena und ich am ersten Tag hatten, als sie mich fragte, ob ich die Freundin ihres Dads war.

*Sie könnte denken, dass wir sie angelogen haben oder—*

„Vivian und ich haben letzte Nacht geheiratet."

Nun. So viel dazu, gründlich darüber nachzudenken.

Lena schnappte nach Luft, und ihre Augen wurden ganz groß.

„Was?", würgte sie hervor. „Ihr habt geheiratet? Wie? Wann? Lügt ihr?"

Sie sah mich an, und ich versuchte, ihren Gesichtsausdruck zu deuten, aber die Überraschung überdeckte alles andere, was sie vielleicht empfand.

„Nein", sagte ihr Luke sanft und streichelte immer noch ihre langen, dunklen Locken. „Vivian ist jetzt deine Stiefmutter."

Lenas Kopf wirbelte herum, um mich anzusehen. Ein Angstgefühl verkrampfte meinen Bauch, während ich darauf wartete, dass die Anschuldigungen auf mich niederprasselten. Oh, wie ich wünschte, Luke hätte nichts gesagt, ohne vorher mit mir zu sprechen – aber dann wiederum, warum sollte er? Ich war eigentlich immer noch seine Angestellte. Er brauchte nicht meine Erlaubnis, um irgendetwas zu tun. Selbst wenn er jetzt auch mein Ehemann war.

Bevor ich Lena Worte des Trostes sagen konnte, glitt sie vom Schoß ihres Vaters in meinen, so dass sich mein Schalensitz drehte, während sie quietschte.

„Ich wusste es!", jaulte sie glücklich. „Ich wusste, dass du und Daddy was am Laufen habt!"

„Am Laufen?", wiederholten Luke und ich gleichzeitig. Woher hatte sie denn diesen Ausdruck?

„Ist das für dich in Ordnung?", fragte ich sie, wusste aber, dass ich meine Antwort bereits hatte.

„Ja!"

Ich entspannte mich und genoss das Gefühl ihres kleinen Körpers, der sich an meinen drückte. Ich erlaubte mir einen weiteren Blick zu Luke, und ich erkannte augenblicklich seinen Gesichtsausdruck – es war derselbe, den ich hatte, als ich ihn mit Lena sah.

Ich seufzte leise und lehnte mich zurück und zog Lena näher an mich heran. Vielleicht war das doch keine so schlechte Sache.

WENN LENA die Nachrichten über unsere Hochzeit gut wegsteckte, so taten es die Hausangestellten nicht. Ich konnte es ihnen nicht verübeln, dass sie hinter meinem Rücken über mich sprachen, aber ich muss zugeben, dass es weh tat, dass mich

Krista, die ich als Freundin angesehen hatte, plötzlich ansah, als wäre ich eine nach Gold grabende Schlampe. Ich wollte ihr die Wahrheit sagen, aber Luke hatte sich bezüglich der Regeln unserer Ehe ganz klar geäußert.

„Niemand darf jemals den wahren Grund für unsere Ehe erfahren. Wenn die USCIS kommt, darf es keinen einzigen Makel an unserer Geschichte geben. Du bist hierhergekommen, wir haben uns verliebt, wir haben uns entschlossen, in Vegas zu heiraten. Das war's. Da gibt es nichts weiter zu erzählen. Wenn irgendjemand die Wahrheit erfährt, dann könnte das unsere Position schwächen."

Ich wusste, dass er Recht hatte, aber trotzdem hatte ich wegen der Blicke der Angestellten ein beklemmendes Gefühl.

Da lag eine Schwere in der Luft, als Lena und ich das Haus für Weihnachten dekorierten, auch wenn sie guter Laune war.

„Ich kann es gar nicht erwarten, wieder in die Schule zu gehen und allen zu erzählen, dass ich eine neue Mom habe!", gluckste sie. Die Worte erfüllten mich sowohl mit Stolz als auch Sorge. Eines Tages würde sie denselben Freunden erzählen, dass sich ihr Dad und ihre neue Mom getrennt hatten.

*Es sei denn, Luke lernt, mich zu lieben ...*

Ich beruhigte diese hinterlistige Stimme in meinem Kopf. Ich konnte aber nicht leugnen, dass mir diese Gedanken immer häufiger kamen.

„Wo wollen wir diese Girlande hinhängen?", zwitscherte Lena, und wir sahen uns nach einem Ort um, wo wir sie aufhängen konnten. Die ganze Villa sah so aus, als hätte sich der Weihnachtsmann darin übergeben. Es gab keinen einzigen Flur oder gemeinsamen Bereich, der nicht in Grün oder Rot und mit Lametta übersät war. Es gab vier echte Weihnachtsbäume, alle soweit geschmückt, dass die Nadeln fast vollständig verdeckt waren.

Ich konnte mir nicht vorstellen, wie viel Geld mit den Jahren für die ganze Dekoration ausgegeben worden war. Wahrscheinlich mehr als mein Jahresgehalt.

„Ich muss noch mehr Lametta holen", verkündete Lena plötzlich, und ich lachte.

„Süße, ich glaube nicht, dass wir hier noch mehr haben."

„Ich gehe in die Stadt", verkündete Krista, als sie in das Wohnzimmer kam, und ich reagierte instinktiv gereizt. Ich fragte mich, ob sie uns ausspionierte.

*Wohl schon paranoid?*

Es war schwer, es nicht zu sein, wenn ich wusste, dass ich etwas Falsches tat und es vor allen geheim hielt. Das Mädchen, das nie Wellen schlug, war plötzlich auf der falschen Seite eines riesigen Geheimnisses, und mir gefiel es gar nicht, wie mir dieser Schuh passte.

„Möchtest du mir Gesellschaft leisten, Lena?", fuhr Krista fort und zerstreute ein bisschen meinen Verdacht. Mir wurde klar, dass die Haushälterin lediglich nach Lena gesucht hatte.

Lena sah mich an.

„Willst du in die Stadt?"

Ich musste Weihnachtsgeschenke verpacken, und ich konnte die Gelegenheit nutzen, es zu tun, ohne das Lena mich dabei erwischte. Ich blickte Krista an.

„Ich muss mich hier um einige Dinge kümmern", erzählte ich ihr. „Kommt ihr alleine klar?"

Krista schnaubte verächtlich. „Wir sind gut genug klargekommen, bevor Sie hier waren, *Mrs. Holloway*. Ich denke, wir kommen zurecht."

Ihr schnippischer Ton sendete einen Schauer des Unbehagens durch mich, aber es gelang mir zu lächeln.

„Großartig."

Ich drehte mich zu Lena und zerzauste scherzhaft ihre Haare.

„Viel Spaß. Wir sehen uns zum Abendessen, okay?"

Sie nickte, und sie wandten sich zur Tür und ließen mich von Glitter bedeckt im Foyer zurück.

Ich wünschte, der Knoten der Unsicherheit in meinem Magen würde sich lösen, aber ich wusste, dass es ein Weihnachtswunder brauchte, dass das über Nacht geschah. *Es sind erst zwei Tage vergangen. Es wird besser werden.*

„Du siehst so aus, als solltest du auf der Spitze des Weihnachtsbaumes sein", kommentierte Luke, der hinter mir auftauchte.

Ich drehte mich um und lachte.

„Das fasse ich mal als Kompliment auf", antwortete ich. „Aber es ist schwierig, in diesem Haus nicht zu funkeln. Was ist das?"

Er lächelte reuevoll und schloss den geringen Abstand zwischen uns. Mich verblüffte seine Nähe, aber mein Körper reagierte augenblicklich. Zu meiner weiteren Überraschung griff er in mein Haar und zog Lametta aus meinem Haarknoten. Ich wurde rot und blickte zu Boden.

„Ich versuche, Weihnachten für Lena ganz besonders zu machen", erklärte er. „Sie liebt es wie alle Kinder, und es ist einfach, sie damit zu verwöhnen."

„Es ist schwierig, sich von der Jahreszeit nicht anstecken zu lassen", stimmte ich zu, und Luke schnaubte.

„Kein Fan von Weihnachten?"

„Ich hatte nie wirklich eins", antwortete ich, bevor ich mich stoppen konnte. Luke betrachtete mein Gesicht mit einem Stirnrunzeln.

„Du feierst Weihnachten nicht?"

Ich zuckte mit den Achseln und versuchte, ungezwungen zu wirken. „Ich habe gar nichts wirklich gefeiert. Ich bin ..." Ich musste aufhören und durchatmen, obwohl ich nicht sagen konnte, warum es mir so schwer fiel, darüber zu reden. Ich war mit meiner Kindheit und der Erziehung, meinem Mangel an

Familie oder Beziehungen im Reinen. Warum war es dann so schwer, darüber zu reden?

„Du bist arm aufgewachsen?", riet Luke sanft. „Dafür muss man sich nicht schämen, Viv."

Er hatte mich „Viv" genannt. Als wären wir mehr als nur Angestellte und Arbeitgeber.

„Nun, ja", lachte ich nervös. „Aber auch in Pflegefamilien. Wenn ich zufällig bei einer Familie war, die überhaupt irgendetwas gefeiert hatte, dann war es kaum einprägsam. Ich erinnere mich, wie ich es hasste, über die Weihnachtsferien aus der Schule genommen zu werden. Seit ich aus dem System draußen bin, gehe ich für gewöhnlich an Heiligabend ins Kino oder bestelle chinesisches Essen. Es war schon immer einfach nur ein ganz gewöhnlicher Tag für mich."

Lukes Gesicht zeigte seine Überraschung ob meiner Geschichte, und ich war etwas erstaunt, das zu sehen. Ich hätte gedacht, dass er mich gründlich überprüft hatte. Ich wurde ihm aber von der letzten Familie, für die ich gearbeitet hatte, empfohlen, vielleicht war es ihm deshalb egal.

„Das tut mir leid", sagte er unwirsch. „Ich wusste das nicht. Wenn dir das zu viel ist, Vivian, dann kannst du ..."

Er unterbrach sich selbst, als ob ihm bewusst geworden wäre, was er gerade sagen wollte. Was könnte ich tun? Weihnachten aussitzen? Ein paar Tage frei nehmen? Das war wohl kaum eine Option, nicht jetzt mit all den Veränderungen.

Wie auch immer, ich hatte nicht den Wunsch, das zu tun, nicht wenn ich tatsächlich dank Lena in Stimmung kam.

Ich schüttelte den Kopf, um ihn vom Haken zu lassen und lächelte warm.

„Ich denke nicht im Traum daran", erwiderte ich wahrheitsgemäß. „Ich komme zum ersten Mal, seit ich mich erinnern kann, in Stimmung. Ich glaube, dieses Jahr wird es anders."

Der Ausdruck in Lukes Augen war anders als jeder andere,

den ich bei ihm gesehen hatte. Es war, als wäre da ein helles Schimmern hinter seinen leuchtenden smaragdgrünen Augen, wodurch seine Iriden ätherisch aussahen. Er stand immer noch nur wenige Zentimeter von mir entfernt und mein Herz machte Sprünge.

*Er sieht mich endlich mal als Frau an,* dachte ich, während sich mein Puls beschleunigte. *Nicht nur als das Kindermädchen seiner Tochter.*

„Deine Weihnachten werden von nun an ganz anders sein", sagte er mir barsch. „Du wirst schon sehen."

Meine Atmung wurde ungleichmäßig, während er mit seinem Gesicht immer näher kam und seine Lippen sanft meine berührten. Meine Knie waren kurz davor einzuknicken, ich wappnete mich gegen das Fallen. Ich hatte Angst, mich zu bewegen, aus Furcht, dass ich den Bann, der über ihn gekommen war, brechen würde.

Meine Augen schlossen sich, und ich atmete seinen Duft tief in meine Lungen ein, während ich von einem Hochgefühl ganz berauscht wurde, das ich noch nie erlebt hatte.

Konnte das wirklich gerade passieren? Genau das wollte ich schon so lange – dass Luke mich als etwas mehr als nur eine Angestellte sah. Es sah so aus, als würden meine Träume endlich wahr werden.

*Bitte nicht kneifen. Du wachst sonst auf.*

Da war aber nichts Falsches an seinem Kuss oder der Art, wie sich sein Arm um meine Taille legte und mich näher zu sich heranzog, so dass ich seinen kräftigen Körper an meinem spürte. Ich zitterte leicht, während ich meinen Mund öffnete. Unsere Zungen verbanden sich augenblicklich und sendeten Stromschläge durch meinen ganzen Körper bis hin zu meinen Zehen.

Er war alles, was ich mir erträumt hatte, seine Lippen waren weich und auskundschaftend, seine Hände stark, und sie fassten mich sicher an. Ich spürte, wie ich gegen ihn schmolz und wusste, dass, sollte ich jemals irgendeine Entschlossenheit besessen haben, sie schon längst verschwunden war.

Lukes Lippen glitten über mein Kinn und meinen Hals, seine Handflächen waren auf meinem Hintern und zogen mich näher heran. Augenblicklich spürte ich seine Beule der Erregung an meinem Bauch, und mein Herz klopfte so schnell, dass ich Angst hatte, ich würde ohnmächtig werden.

Aber er schien zu spüren, dass ich kurz vor der Ohnmacht stand, und ohne Warnung hob er mich in seine Arme. Ich starrte in benommener Stille in seine Augen und wusste, dass er felsenfest entschlossen war, diesen Akt zu Ende zu bringen.

Ich hatte das schon so lange gewollt, aber ich hatte keine Ahnung, dass er es auch wollte.

Er war weder betrunken noch machte er sich Sorgen wegen seiner Tochter. Er wollte mich, so wie ein Mann eine Frau wollte, und ich konnte es kaum glauben, dass das gerade geschah.

„Vollziehen wir die Ehe", sagte er mir. Gänsehaut machte sich auf meiner ganzen Haut breit.

Ich nickte, aber sein Mund war schon wieder an meinem Hals. Er ging los, und ich hatte das Gefühl, als würde ich auf einem fliegenden Teppich reiten; er ging zur Treppe und stieg sie hoch, während ich hilflos in seinen Armen lag.

Er begann jetzt etwas, das ich nicht aufhalten könnte, selbst wenn ich es wollte.

## KAPITEL SECHS

LUKE

Irgendetwas war über mich gekommen und hatte meinem gesunden Menschenverstand entgegengewirkt. Vielleicht war es die traurige Art, wie sie mich ansah, oder die Art, wie mein Bauch reagierte, als ich erfuhr, dass sie als Kind auch im Stich gelassen worden war.

Was auch immer der Grund war, ich konnte mich nicht davon abhalten, die Treppen hochzusteigen, mit meinem Mund fest auf ihrem weichen Hals, und meinem Körper, der danach verlangte, von ihr Besitz zu ergreifen, wie ich es noch nie zuvor empfunden hatte.

Wir waren im Nu in meiner Suite, und Vivian lag ausgestreckt auf der schwarzweißen Bettdecke meines Doppelbetts. Ich erinnerte mich nicht mehr daran, ihr die Kleider ausgezogen zu haben, doch als ich mich aber zurücklehnte, um sie anzusehen, war sie nackt und ihr geschmeidiger Körper verlangte meine ganze Aufmerksamkeit.

Ich konnte den Ausdruck hoffnungsvoller Verwirrung auf ihrem Gesicht lesen, ich wollte aber nicht daran denken, was das für uns bedeuten könnte.

Sie bebte und diese Erkenntnis trieb mein Verlangen, sie zu

besitzen, nur noch weiter an. Ich verschwendete keine weitere Sekunde damit, in ihr Gesicht zu sehen. Ich wurde von etwas Ursprünglichem getrieben. Etwas Animalischem.

Mein Mund glitt über die Kurve ihrer hohen, festen Brust, während meine Nase innehielt, um den Duft ihrer lieblichen Haut einzuatmen. Langsam hoben sich ihre Schenkel um meinen Rücken und umschlossen mich in ihrem Aroma. Erst als ich ihre seidige Haut an meiner spürte, wurde mir klar, dass ich ebenfalls nackt war.

Ihre Knöchel schlossen sich um meine Rückenmuskeln und meine Zunge peitschte hinaus, um jeden nackten Zentimeter an ihr zu schmecken. Mir wurde ihr leises Wimmern bewusst, was meine Ohren köstlich erfüllte und meine Lippen noch tiefer trieb, bis ich zwischen den wohlgeformten Beinen war, die ich schon länger aus der Entfernung bewundert hatte.

War ich ein Dummkopf gewesen, dass ich ihr so lange aus dem Weg gegangen war oder hatte ich nur impulsiv gehandelt? Wieder zwang ich mich, im Hier und Jetzt zu sein und das zu anzunehmen, was gerade geschah und all die Konsequenzen solch eines Handelns zu vergessen. Wir waren ja schließlich verheiratet. Wir taten nichts Falsches.

Warum hatte ich dann ein schlechtes Gewissen?

Meine Zunge grub sich in sie hinein, und ich spürte, wie sich ihre Finger in meinen Haaren verfingen, ihre Hüfte sich mir entgegen wölbte, als sie eine Reihe von Seufzern von sich gab. Ich wusste, dass ich genau die richtigen Knöpfe drückte, nach Vivians ungewollten Zuckungen und Stöhnen zu schließen. Mein Mund saugte an ihrem Kitzler, und ich schleckte den saftigen Nektar ihrer Mitte auf. Sie war bereits klitschnass und bereit zu kommen. Mit ein paar langen Hieben meiner Zunge hörte ich sie einmal meinen Namen schreien, bevor ein Hitzeschwall mein Gesicht bedeckte.

Ich war nicht sicher, wie viel mehr ich ihr Vergnügen bereiten konnte, da mein eigener Freund Aufmerksamkeit verlangte. Als ich mir sicher war, dass ich jeden Moment ihres Höhepunkts aus ihr gewrungen hatte, zog ich mich hoch, um sie zu besteigen.

Unsere Blicke waren ineinander verhakt, und ich sah den weit entfernten vagen Blick in ihren goldenen Iriden. Sie war ganz woanders und schwebte in Lust.

„Ich habe noch nicht mal richtig angefangen", versprach ich ihr und positionierte mich zwischen ihren triefenden Beinen.

Mit einem Grunzen drang ich in sie ein, während ich nahtlos hineinglitt. Ich hatte die Enge, die mich willkommen hieß und meinen Schwanz fest griff, nicht erwartet. Ein Stöhnen entwich mir, das sich so anfühlte, als wäre es aus meinem Bauch gerissen worden.

Sie war eng wie eine Jungfrau, und für einen überraschten Moment fragte ich mich, ob sie eine war.

Ihr geschockter Gesichtsausdruck sagte mir, dass sie auf meine Größe nicht vorbereitet gewesen war. Der Gentleman in mir ermahnte mich, langsam zu machen, aber das Tier in mir hatte bereits übernommen. Sie war jetzt mein, und ich wollte sie das nicht vergessen lassen – egal wie laut sie um Gnade schrie.

Und sie schrie. Ihr Stöhnen der Leidenschaft verwob sich mit flehendem Wimmern, während meine Stöße immer härter wurden.

Ich lehnte mich zurück, und meine Finger zwickten ihre harten Nippel. Ich war entschlossen, sie wieder um den Verstand zu bringen. Sie krümmte sich unter mir und mit einem letzten Zwicken klammerten sich ihre Innenwände mit Dringlichkeit enger um mich.

„Ich komme wieder", stöhnte sie und kaum hatten die Worte ihren rosigen Mund verlassen, spürte ich die Säfte gegen meinen pulsierenden Schwanz fließen.

Ich schloss meine Augen und wollte mich eigentlich zurückzuhalten, aber dafür war es zu spät. Mein Sack war hart geworden und zog sich fest an meinen Körper. Ich war kurz davor zu kommen. Ich hatte keine Willenskraft mehr. Sie hatte mich an den Punkt gebracht, wo es kein Zurück mehr gab.

Ich explodierte in ihr und füllte sie mit meinem Samen. Ich war fast überrascht, dass sie nicht vor Schmerzen zusammenschrak, denn es fühlte sich wie heiße Lava an, die von mir in sie strömte und uns in finaler Einheit zusammenbrachte.

Vivians ganzer Körper zuckte, und ich ließ meinen Körper auf ihren sinken und murmelte leise in ihr Ohr. Eine Hand strich über ihr blondes Haar und wischte die Schweißperlen von ihrer Stirn.

„Es ist okay", sagte ich ihr zitternd, als der Rest meines Orgasmus von mir wich. „Entspann dich einfach."

Langsam schienen meine Worte die gewünschte Wirkung zu erzielen, und sie hörte auf so heftig zu zittern. Ihre Atmung verlangsamte sich, und sie schien voll und ganz mit mir zu verschmelzen. Ich brauchte ein paar Minuten, um zu realisieren, dass ich sie wahrscheinlich unter meinem Gewicht zerdrückte, Vivian schien sich aber nicht zu beschweren.

Tatsächlich hatte sie minutenlang gar nichts von sich gegeben.

„Alles okay?", fragte ich und lehnte mich besorgt zurück. Zu meiner Erleichterung sah ich, dass ihre Augen noch offen waren, während sie nickte und zittrig grinste.

„Alles okay", lachte sie. „Besser als okay. Und bei dir?"

Ich nickte und glitt sanft von ihr und rollte mich rüber. Ich sah etwas Enttäuschung in ihren Augen aufblitzen, als sich unsere Körper trennten.

Ich lag auf meinem Rücken und beobachtete sie aus meinem Augenwinkel heraus.

Plötzlich kamen all die Zweifel, die ich beiseitegeschoben

hatte, wie ein Erdrutsch über mich. Warum zum Teufel hatte ich das getan?

Von Vivians Gesichtsausdruck zu schließen, war es offensichtlich, dass sie solche Sorgen nicht hatte. Tatsächlich sah sie mich an, als wäre sie ganz verliebt in mich. Wieso hatte ich das nicht schon früher gesehen? Hatte ich mich auf eine Ehe mit einer Frau eingelassen, die mich aufrichtig mochte?

Bei dem Gedanken schauerte es mich.

„Ich sollte wahrscheinlich wieder runter, bevor Lena zurückkommt", sagte Vivian, und ich konnte an ihrem Tonfall hören, dass sie wollte, dass ich protestierte. Ich konnte es nicht über mich bringen, das zu tun.

Fühlte ich mich zu ihr hingezogen? Definitiv.

Bedeutete das, dass ich sie auch geheiratet hätte, wenn wir nicht in dieser Situation gewesen wären, dass sie kurz davor war, ausgewiesen zu werden? Definitiv nicht.

Nach Kate war mir der Gedanke, jemanden aus romantischen Gründen zu heiraten, nicht einmal in den Sinn gekommen. Ich würde nach dem, was meine Exfrau ihr angetan hatte, niemals wieder eine andere Frau in Lenas Leben bringen.

*Aber Viv ist bereits in Lenas Leben. Und wir sind bereits verheiratet,* rief mir eine kleine Stimme ins Gedächtnis.

Das änderte aber auch nichts an der Tatsache, dass ich nicht in sie verliebt war, egal was meine Libido in jenem Moment der Schwäche empfunden hatte.

„Ja", stimmte ich zu und setzte mich abrupt auf. „Das solltest du wahrscheinlich. Wir wollen ja nicht, dass sie uns so sieht."

Vivian zog die Brauen zusammen, und sie öffnete ihre Lippen, als wollte sie etwas sagen. Sie schien sich eines Besseren zu besinnen und schloss sie wieder. Steif nickte sie und rührte sich, um ihre herumliegenden Kleider zu packen und verbarg ihre Nacktheit vorsichtig vor mir. Ich schämte mich für uns beide, und ich hasste mich dafür, dass ich ihr falsche Hoffnungen gemacht hatte.

Wie hatte ich nur so dumm, so blind sein können?

Vielleicht war ich es einfach schon so gewöhnt, dass mich Frauen so ansahen, dass ich Vivians verehrenden Blick abgetan hatte, oder vielleicht hatte sie ihn einfach so gut verborgen, dass er mir nicht aufgefallen war. Oder vielleicht spürte sie das Nachglühen unseres Techtelmechtels ein bisschen zu stark.

Was auch immer der Grund war, es war mir nicht aufgefallen. Und ich bereute es bereits, dass ich meinen Impulsen nachgegeben hatte, auch wenn ich irgendwie wusste, dass Vivian ihre Emotionen im Griff behalten würde.

Oder zumindest hoffte ich das.

*Das darf nicht noch einmal passieren.*

Vivian war reserviert ruhig, als sie schließlich ihren Trainingsanzug wieder an hatte. Ich suchte nach etwas Unverfänglichem, was ich sagen könnte, aber ich wurde davor bewahrt, etwas sagen zu müssen, als mein Handy klingelte.

Es dauerte eine Minute, bis ich es in meiner Hose gefunden hatte, die im Wohnzimmer war, und als ich es herausgeholt hatte und aufblickte, hatte Vivian bereits meine Suite verlassen.

Scheiße.

Ich musste mich mit ihr gut stellen – auf eine Art, die keinen Sex beinhaltete, aber um trotzdem den Frieden zu wahren. Es war schließlich Weihnachten, und das Letzte, was ich wollte, war, dass während der Feiertage Spannung in der Luft hing.

Ich nahm das Handy und sah, dass es eine SMS von Colin war, einem ansässigen Handwerker.

*Da ist jemand für Sie am Tor, Mr. Holloway.*

Ich fragte mich träge, wo Krista war, aber es war eigentlich auch egal.

*Wer ist es?*

Ich beobachtete, wie die iPhone-Blasen auftauchten, als er antwortete. Als die Nachricht ankam, gefror mein Blut.

*Jemand von der Einwanderungsbehörde.*

Ich stürzte aus dem Schlafzimmer, antwortete gar nicht auf Colins SMS und rief nach Vivian.

*Scheiße! Wieso sind sie schon da? Weihnachten steht vor der Tür und sie arbeiten für die Regierung!*

„Vivian!", schrie ich durch die Flure. „Wo zur Hölle bist du?"

Ich blieb am Aussichtspunkt über dem Foyer stehen, und meine Frage wurde beantwortet. Das Kindermädchen stand vor der Tür. Sie schien da unten vor den offiziell aussehenden Regierungsbeamten, die an der offenen Türschwelle standen, so klein aus.

Ich schluckte das Gefühl der Besorgnis, das meine Luftröhre zuschnürte, herunter und eilte die Treppen zu ihr hinunter. Ich war mir verlegen der Tatsache bewusst, dass meine Hose über die Hüfte rutschte. Hastig machte ich den Gürtel zu und versuchte mit meiner Hand das Durcheinander meiner widerspenstigen, dunklen Locken auf meinem Kopf zu richten.

Ich wusste, dass ich furchtbar aussah, aber mir war auch klar, dass es von Vorteil sein könnte.

„Schatz!", rief ich mit zu viel Nachdruck. „Ich habe überall nach dir gesucht!"

Langsam drehte sich Vivian zu mir um, und der Schmerz in ihren Augen war noch zu sehen, aber sie zwang sich zu einem fahlen Lächeln.

„Hier bin ich, Liebling", seufzte sie. „Lass mich dir die Einwanderungsbehörde vorstellen!"

Eine Frau kam mit einem nüchternen Blick an sich auf mich zu, und ich wusste, dass sie ein Biest sein würde. Man sagt, man solle ein Buch nicht nach seinem Einband beurteilen, aber es war schwer, das nicht zu tun, wenn ihr mürrischer Gesichtsausdruck mir bereits sagte, dass sie uns hasste. Es würde schwer werden, sie dazu zu bringen, uns auch nur ein Wort abzukaufen.

„Agent Blair", stellte sie sich ohne auch nur den Anflug eines Lächelns vor. „Und das ist Agent Brody. USCIS."

Ihr Partner sah auch nicht viel amüsierter als Agent Blair aus, und ich fragte mich, ob es ein Einstellungskriterium für Regierungsangestellte war, humorlos zu sein. Ich hatte bisher in keiner Geschäftsstelle jemanden kennengelernt, der eine schnelle Auffassungsgabe hatte.

*Es sieht so aus, als würden unsere Bearbeiter nicht anders sein.*

Sie zeigte mir ihren Ausweis, nur für den Fall, dass wir dachten, sie würde lügen, und ich gab ihr Zeichen, einzutreten.

„Kommen Sie herein", sagte ich heiter. „Kann ich Ihnen etwas zu trinken anbieten?"

Ein Grinsen bildete sich auf Agent Blairs Mund, und sie schüttelte den Kopf. Sie blickte sich in der riesigen Eingangshalle um. Ich konnte die Verachtung auf ihrem Gesicht lesen, als ich mich näher zu Vivian stellte.

All meine vorherigen Gedanken dazu, Abstand zu ihr zu halten, waren vergessen, und ich legte beschützend meinen Arm um ihre Taille in der Hoffnung, dass wir wie ein glückliches Paar aussahen. Aber selbst als ich das tat, konnte ich die Anspannung spüren, die meine Frau ausstrahlte.

Sie hatte kein gutes Pokerface.

„Schönes Haus", kommentierte Agent Blair. Mir war aufgefallen, dass sie noch gar nicht die Tür geschlossen hatten, und ich fragte mich, ob das irgendeine Art Machtspielchen war.

„Danke. Wir lieben es, nicht wahr, Schatz?", schnuffelte ich mit meiner Nase an Vivians Hals, es war aber so, als würde ich mit einer Steinmauer kuscheln.

„Wieso lassen wir den Scheiß nicht einfach, Mr. Holloway?", bot Agent Brody an und sprach zum ersten Mal. Ich sah ihn überrascht an.

„Wie bitte?", fragte ich, und mein Rücken spannte sich an. Wir kamen gar nicht erst soweit, so zu tun als ob, begriff ich.

„Wir wissen, dass Sie Miss Isaac nur deshalb geheiratet haben, damit sie nicht ausgewiesen wird. Sie können die Show abbrechen."

Mein berüchtigtes Temperament blitzte auf, aber ich versteckte es weise hinter einem süffisanten Lächeln.

„Sie meinen wohl Mrs. Holloway?", fragte ich unschuldig. „Isaac ist ihr Mädchenname."

Vivian schien sich an mich lehnend ein wenig zu entspannen, und ich fühlte mich durch ihre Erleichterung bestärkt. Wenn wir zusammenhielten, könnten sie uns nichts anhaben, egal wie sehr sie es auch versuchten. Ich hatte es definitiv schon mit Schlimmerem als diesen zwei verbitterten und wahrscheinlich unterbezahlten Seelen zu tun. Aber hatte Viv das auch?

„Ich wusste gar nicht, dass sie ihren Namen legal geändert hat", kommentierte Agent Blair. „Wenn man bedenkt, dass Sie erst vor zwei Tagen geheiratet haben."

Ich schenkte ihr ein falsches Grinsen und seufzte.

„Ich nehme an, sie war für mich schon Mrs. Holloway in dem Augenblick, als wir uns entschieden haben zu heiraten", wendete ich ein und kanalisierte meine ganze Schauspielerfahrung aus der High-School. „Wenn Sie schon mal verliebt waren, dann verstehen Sie das."

„Und wann genau haben Sie sich entschieden, zu heiraten?", warf Agent Brody ein und folgte seinem Stichwort. Ich fragte mich tatsächlich, ob sie ihre Besuche wie eine Tanzchoreografie einstudierten. Es kam mir definitiv so vor.

„Um die Zeit, als Miss Isaac bewusst wurde, dass sie zurück nach Kanada ausgewiesen hätte werden sollen?", fuhr er fort, und seine Augen verengten sich vor Wut. Ich lächelte weiterhin. Ich wünschte, ich könnte Vivians Gesicht sehen, aber ich wollte nicht riskieren, sie direkt anzusehen. Ich wollte bei ihnen nicht den Anschein erwecken, dass wir auf ihre Kosten versteckte Blicke austauschten.

*Der äußere Schein ist alles,* ermahnte ich mich. *Egal in welchem Metier du bist. Wenn wir ihnen zeigen, dass wir uns zumindest mögen, lassen sie wahrscheinlich etwas locker. Cory arbeitet ja gerade an den Formalitäten.*

„Nun, das würde ja bedeuten, dass wir die amerikanische Regierung betrügen würden", antwortete ich. „Und wie Sie wahrscheinlich wissen, habe ich einen guten Ruf als CEO von Marker-Bynes Inc."

„Wir wissen, wer Sie sind, Mr. Holloway", spie Agent Blair. „Wir kennen so viele Männer wie Sie, die denken, dass sie sich aus allem herauskaufen können und tun, was zur Hölle auch immer sie wollen. Aber wenn wir beweisen, was Sie beide getan haben, wird gegen Sie ein Strafantrag gestellt."

Ich starrte sie an und spürte, wie sich mein Puls beschleunigte, aber mein Blick gab nicht nach. Nicht mal, als ich spürte, dass Vivian unterdrückte, nach Luft zu schnappen.

„Sie liegen falsch", sagte ich ihr glatt, während Funken aus meinen Augen schossen. „Und wissen Sie warum?"

Agent Blair schluckte den Köder.

„Warum?"

„Weil es keine Männer wie mich gibt, Agent Blair. Das vergessen Sie lieber mal nicht."

## KAPITEL SIEBEN

VIVIAN

Luke schien von unserem Besuch der Agents Blair und Brody nicht im Geringsten beunruhigt. Ich verstand nicht, wie er so ruhig sein konnte, ich fragte ihn aber nicht.

Nein, nachdem die Einwanderungsbehörde gegangen war, machte ich mich so rar wie möglich. Ich wollte nicht noch einmal mit ihm allein sein, nicht, nachdem er seine Absichten nach unserer Begegnung deutlich gemacht hatte, ohne auch nur ein Wort gesagt zu haben.

Ich versuchte, mich nicht darüber zu ärgern, auch wenn er die ganze Begegnung initiiert hatte. Ich hatte es so sehr gewollt wie auch er, aber ich schätze, ich hatte gedacht, dass es mehr bedeutete, als es der Fall war. Ich wollte, dass es mehr bedeutete, als es der Fall war.

Ich hatte keine guten Karten, aber ein Teil von mir war sich sicher gewesen, dass ich Luke letztendlich herumkriegen könnte. Ich spürte zwischen uns eine Verbindung, von der ich dachte, dass sie etwas wert wäre, selbst inmitten der unkonventionellen Beziehung, die wir eingegangen waren.

Aber er schien das nicht zu wollen. Er wollte ein Kindermädchen für seine Tochter, keine Frau, und das war der einzige Grund, warum ich nicht zurück in Kanada war. Ich täte gut daran, das nicht noch einmal zu vergessen.

Ich blieb die nächsten Tage immer bei Lena. Wenn ich nicht bei ihr war, versteckte ich mich in meinem Schlafzimmer, da ich nicht riskieren wollte, Luke zufällig über den Weg zu laufen, der vorhatte, bis einschließlich dem 2. Weihnachtsfeiertag zu Hause zu bleiben.

Es war Heiligabend, und ich saß auf meinem Bett und war von den bunt verpackten Geschenken, die ich für Lena besorgt hatte, umgeben.

Da war auch eins für Luke dabei, das ich vor der ganzen verrückten Sache mit Vegas gekauft hatte. Ich starrte auf das mit Sternen übersäte Papier und überlegte, ob ich es heute Nacht unter den Baum legen sollte, wenn ich sicher war, dass der ganze Haushalt in den Federn lag.

Ich wollte nicht, dass er dachte, ich würde klammern oder versuchen, die Grenzen der Beziehung zu sprengen, die er mit seiner Reaktion, nachdem wir miteinander geschlafen hatten, so klar gesetzt hatte. Ich verstand unsere Übereinkunft jetzt, und ich würde ihn nicht anflehen, mich zu lieben. Ich hatte meinen Stolz.

Trotzdem, was sonst konnte ich damit tun? Es war eine limitierte Auflage eines Rolling Stones-Albums, von dem ich wusste, dass es sein
Lieblingsalbum war.

Ich hatte gehört, wie er an vielen Abenden die Musik der Band gehört hatte, als sie aus seinem Arbeitszimmer klang, während er bis in die frühen Morgenstunden arbeitete. Als ich es dann auf einem Flohmarkt in Salem entdeckt hatte, konnte ich nicht widerstehen, es zu kaufen. Zu der Zeit war es nur eine unschuldige Geste einer Angestellten an ihren Chef und jetzt ...

Ich seufzte und legte es auf den Haufen mit den anderen

Geschenken. Da waren auch kleine Geschenke für Krista, Colin und Burt sowie für die Hausmädchen in Teilzeit. Trotzdem plagte mich der Gedanke, dass sie vielleicht dachten, ich wollte ihre Zuneigung nach der Hochzeit mit Luke kaufen.

Wie hatte mein Leben in nicht einmal einer Woche so kompliziert werden können?

Und es würde immer schlimmer werden, das wusste ich. Diese USCIS-Agents hassten uns – darüber gab es keine Zweifel. Sicher, Luke hatte sich in der gewohnten Holloway-Selbstsicherheit verhalten, aber das bedeutete nicht, dass er seine Taten nicht bereute. Die Drohung, dass Strafanzeige erstattet werden würde, hatte mir große Sorgen bereitet, ich hatte aber nicht mit ihm darüber gesprochen.

Ich wollte mit ihm über gar nichts sprechen, auch wenn ich wusste, dass ich ihm nicht für immer aus dem Weg gehen konnte. Morgen würden wir alle um den Baum sitzen, Geschenke öffnen und unsere Blicke würden sich ein-, zweimal begegnen.

Es klopfte an meiner Tür, und ich erschrak und sah mich verzweifelt nach einem Ort um, wo ich die Geschenke verstecken konnte, bevor irgendjemand sie sah.

„Viv, bist du da drinnen?"

Meine Augen weiteten sich vor Überraschung. Eine Minute lang dachte ich darüber nach, ihn zu ignorieren, mir wurde aber klar, wie kindisch das wäre.

„Ja, ich bin hier. Gib mir eine Sekunde."

Ich stopfte den Haufen Geschenke in den Schrank und drehte mich um, um mich im Spiegel zu betrachten und strich mit meiner Hand durch mein Haar.

Ich verdrehte meine Augen, weil ich mich anwiderte, dass ich für ihn immer noch gut aussehen wollte.

„Hey", sagte ich, als ich die Tür aufmachte. „Was ist los?"

Er starrte mich verlegen an.

„Mir ist das Geschenkpapier ausgegangen", gestand er. „Und Krista hat auch keines mehr. Tut mir leid, dich damit zu behelligen, da ich weiß, dass du dir in den letzten Tagen große Mühe gegeben hast, mir aus dem Weg zu gehen."

Auf einen Schlag war ich verärgert, und ich spürte, wie ich meine Augen zusammenkniff.

„Das hab ich gar nicht!", log ich mit zusammengebissenen Zähnen.

Er grinste. „Na gut. Wenn du das sagst."

Unsere Blicke begegneten sich, und ich wurde rot, bevor ich wegsah.

„Ich hab noch Geschenkpapier", murmelte ich und drehte mich um, um es zu suchen. Mir fiel ein, dass es im Schrank war und ich warf ihm einen Blick zu.

„Dreh dich um. Ich will nicht, dass du die Geschenke siehst."

Ich weiß, dass es lächerlich klang, wie irgendein kindischer Aberglaube, es war aber zu spät, es wieder zurückzunehmen. Glücklicherweise lachte er mich nicht aus, aber stattdessen drehte er seine breiten Schultern von mir weg. Umgehend sah ich meine Nägel, wie sie sich in seine Rückenmuskeln bohrten.

Meine Schamesröte wurde noch stärker, und ich war dankbar, dass er mich nicht ansah, es dauerte aber eine Minute, bis ich mich gefasst hatte.

„Bitte. Es ist nicht viel, aber ich nehme an, du musst nicht so viel einpacken."

Ich warf ihm die halbleere Rolle Geschenkpapier zu, und er bedankte sich bei mir. Wir starrten uns für ein paar Sekunden betreten an, bevor ich wegsah.

„Viv, ich ..."

„Schon gut", sagte ich schnell. „Wir müssen nicht darüber reden. Ich hab's verstanden."

Und das hatte ich wirklich – aber das machte den Schmerz nicht erträglicher.

„Es ist nicht so, dass du mir egal bist", erklärte er und ergänzte den Schmerz irgendwie noch mit Beleidigung. „Ich liebe es, wie du mit Lena umgehst, und ich weiß, dass das Haus mit dir so viel besser geworden ist. Das bedeutet mir mehr, als ich dir sagen kann. Es ist nur ..."

Wieder verstummte er allmählich, und ich spürte, wie sich Verärgerung in mir breit machte. Ich musste nicht geschont werden. Ich wusste, worauf ich mich einließ – er musste mir nicht sagen, dass er mich nicht liebte.

„Luke, ich sage dir, ich hab's verstanden. Sobald die Ermittlung vorbei ist und eine angemessene Zeit verstrichen ist, lassen wir uns wie besprochen scheiden. Du brauchst dir keine Sorgen machen."

„Ich mach mir keine Sorgen", antwortete er barsch, „ich versuche dir zu erklären, dass du mir etwas bedeutest, nur halt nicht so, wie du es möchtest."

Ich ging hoch, während sich meine Schlag-keine-Wellen-Persönlichkeit in Luft auflöste, und ich starrte ihn herausfordernd an. „Was zur Hölle weißt du schon darüber, was ich will?", blaffte ich. „Du weißt rein gar nichts über mich!"

Meine Kehrtwende erschreckte ihn sichtlich, und er hielt seine Hände hoch.

„Ich behaupte ja nicht zu wissen, was in deinem Kopf vorgeht, Vivian", ruderte er zurück, aber es war egal. Ich fühlte mich bereits gedemütigt. Er wusste irgendwie, dass ich in ihn verliebt war, und er tätschelte gerade meinen Kopf wie bei einem Welpen und gab mir einen Knochen, um mich zu besänftigen.

Wenn ich Lena nicht so sehr geliebt hätte, dann hätte ich umgehend meine Taschen gepackt und wäre aus dem Haus gestürmt. Ich hatte es verdient, besser als das behandelt zu werden, ich war nicht einfach nur das Kindermädchen seiner Tochter, nicht mehr.

Aber natürlich ging ich nicht. Selbst wenn ich irgendwo hinkönnte, war ich jetzt mit ihm verheiratet, und ich würde verdammt sein, wenn Lena am 1. Weihnachtsfeiertag aufwachte und herausfand, dass noch eine Mutter sie verlassen hatte.

Ich riss mich zusammen und versuchte, all die Worte, die von meinen Lippen drohten herauszusprudeln, herunterzuschlucken.

„So ist es", sagte ich, nachdem ich mich irgendwie wieder gesammelt hatte. „Du weißt nicht, was in meinem Kopf los ist. Es geht mir gut mit allem, so wie es ist. Auf dem Papier bin ich deine Frau zu Lenas Gunsten, aber da ist nichts zwischen uns. Das würde ich auch gar nicht wollen. Was neulich passiert ist, war eine einmalige Sache. Ich schätze, um die Ehe offiziell zu machen."

Ich weiß nicht, wie ich es geschafft hatte, diese Worte zu sagen, ohne dass mir die Stimme brach, aber irgendwie schaffte ich es. Trotzdem schlich sich etwas Verbitterung in den letzten Satz ein. Ich blickte immer noch nicht durch, was er da neulich gedacht hatte, die Sache zwischen uns anzustoßen. Ich weiß, was ich gedacht hatte – ich hatte ihn immer gewollt – aber was war mit ihm los?

*Vielleicht war er ja einer dieser Typen, die davon fantasierten, mit dem Kindermädchen zu schlafen, und unsere Scheinehe gab ihm die beste Gelegenheit.* Das fühlte sich aber nicht richtig an.

Luke atmete langsam aus und nickte und wich meinem Blick aus.

„Okay. Dann haben wir eine Abmachung", sagte er leise. Bildete ich mir das nur ein oder klang er traurig?

Wahrscheinlich bildete ich mir das nur ein.

„Ich sehe dich dann morgen früh", sagte er und ging auf die Tür zu. Ich wollte ihm nachrufen, um ihn zu fragen, warum er mich nicht lieben konnte, um ihn zu fragen, ob er wirklich keine Verbindung zwischen uns spürte, aber es gelang mir, meine Zunge im Zaum zu behalten.

„Sicher", antwortete ich matt.

Er hielt inne und drehte sich noch einmal zu mir um, und seine grünen Augen strahlten mich an.

„Frohe Weihnachten, Viv."

Wieder mit dem „Viv". Wusste er eigentlich, wie sehr er mich quälte?

„Frohe Weihnachten, Luke."

Er ließ mich im Schlafzimmer zurück, und ein enormes Verlustgefühl überkam mich, sobald er weg war. Unser Unternehmen Ehe war jetzt offen. Was auch immer wir in jenen Momenten der Leidenschaft miteinander erlebt hatten, war einfach nur das – flüchtige Momente der Leidenschaft. Ich musste lernen das zu akzeptieren, selbst wenn es mir das Herz brach.

AM NÄCHSTEN MORGEN war ich sogar schon vor den Hausangestellten wach. Nun, ich hatte nicht wirklich geschlafen.

Ich ging ins Wohnzimmer und hielt inne, um mir die Schönheit des Ganzen anzusehen. Zwei Bäume, die von oben bis unten mit Glaskugeln und schneebedecktem Schmuck geschmückt waren, standen neben einem riesigen Fenster. Unter beiden stapelten sich die Geschenke. Als ich meine die Nacht zuvor, bevor ich unruhig eingeschlafen war, dazugelegt hatte, waren da nur halb so viele Geschenke wie jetzt. Irgendjemand war wohl hereingekommen und hatte mengenmäßig etwas beigetragen, und ich fragte mich, ob es Luke gewesen war. Der Gedanke, dass er zur selben Zeit, als ich Mühe hatte, meine Gedanken in Schach zu halten, schlaflos durch die Villa gewandelt war, gab mir ein Gefühl der Solidarität. Ich war froh, dass ich nicht allein mit meinem Unbehagen war, so verrückt es auch klingen mochte.

Ich war überrascht zu sehen, dass Lena nicht lange, nachdem ich aufgestanden war, schon wach war. Sie stürmte in das riesige Wohnzimmer und war so aufgeregt, wie ich sie noch nie erlebt hatte. Ich hatte schon den Kamin angemacht und draußen sah es so aus, als hätte es über Nacht wieder geschneit.

„FROHE WEIHNACHTEN, VIV!", schrie sie und warf sich in meine Arme.

„Frohe Weihnachten!", lachte ich und taumelte aufgrund des Zusammenpralls zurück. Es war schwer, meiner schlechten Laune weiter zu frönen, wenn ihre Aufregung so ansteckend war.

„Wo sind alle?", verlangte Lena. „Wissen sie denn nicht, dass Weihnachten ist?"

„Ihre Köpfe wissen es, aber ihre Körper sagen ihnen, dass es erst sechs Uhr morgens ist", antwortete ich trocken. „Lass sie ein bisschen ausschlafen."

Lena schmollte und schaffte es trotzdem, bezaubernd glücklich dabei auszusehen.

„Kann ich meine Geschenke öffnen?"

Ich war ratlos. Ich hatte keine Ahnung, wie die Traditionen in diesem Haus am Morgen des ersten Weihnachtsfeiertages waren, aber ich hatte das Gefühl, dass es verpönt wäre, Geschenke ohne Dad zu öffnen.

„Warum warten wir nicht einfach, bis dein Dad aufwacht?", schlug ich vor. „Kann ich dir eine heiße Schokolade machen?"

Ihre Augen schimmerten.

„Ja, bitte! Dad macht mir normalerweise auch immer jedes Weihnachten eine!"

Das hatte ich nicht gewusst, aber ich war froh, dass ich einem Anflug von Normalität folgte.

„Willst du mir in der Küche Gesellschaft leisten?" Ich wollte die neugierige Sechsjährige nicht mit dem wahnsinnigen Berg an Geschenken allein lassen. Ich war nicht sicher, ob irgendein Kind diesen Grad an Selbstkontrolle aushalten müssen sollte.

„Viv, warum schlafen du und Daddy nicht im selben Bett?" Ich blieb fast mitten im Schritt stehen und schaffte es gerade noch so, nicht zu stolpern.

„Na ja, wir lernen uns gerade noch kennen", setzte ich an. Das war keine Frage, auf die ich vorbereitet war. Woher wusste das Kind so viel über Beziehungen zwischen Erwachsenen? Hatte Luke schon früher eine Freundin, die hier gelebt hatte?

Der Gedanke, dass eine andere Frau vor mir in Lukes Leben war, machte mich unerwarteterweise eifersüchtig, auch wenn ich wusste, dass ich lächerlich war. Natürlich hatte er andere Frauen in seinem Leben. Er war nicht zum Priester geworden, nur weil seine Frau ihn verlassen hatte.

Es war mir vor diesem Moment einfach nie in den Sinn gekommen.

„Sollte man jemanden nicht kennen, bevor man ihn heiratet? Das sagt Daddy immer."

„Du redest mit deinem Dad über das Heiraten?", fragte ich irgendwie überrascht. Das war für ein kleines Mädchen ein großes Gespräch.

„So in der Art. Er sagt immer, dass er meine Mom vor ihrer Heirat und bevor sie mich bekommen haben nicht so gut gekannt hatte, wie es hätte sein sollen."

Tränen traten mir in die Augen, und ich blinzelte sie schnell weg, da ihre Worte doch zu genau waren. Auch wenn wir wussten, was wir da taten, als wir uns auf diese verrückte Ehe einließen, kam ich nicht umhin, das Gefühl zu haben, dass Luke seine zweite Ehe genauso bereuen würde wie seine erste.

„Dann sagt er mir, ich solle sichergehen, dass ich jemanden in- und auswendig kenne, bevor ich mich dazu entschließe, zu heiraten."

Ich atmete ein und drehte ihr den Rücken zu, damit sie nicht meinen geplagten Gesichtsausdruck sehen konnte. Ich ging in die Speisekammer und suchte die heiße Schokolade, aber ich konnte ihre kleine Stimme immer noch reden hören.

„Also hättest du Daddy nicht wirklich gut kennen sollen, bevor du ihn geheiratet hast?"

Ich atmete tief ein und ging wieder aus der Speisekammer.

„Dein Dad und ich haben eines gemeinsam, was so viel wichtiger ist, als alles voneinander zu wissen", erklärte ich und stellte die Dose auf der Insel hin, wo sie saß. „Und das bist du. Dein Glück ist wichtiger als alles andere."

„Aber du hast gesagt, dass du nicht mit Daddy zusammen sein musst, um dich um mich zu kümmern", erinnerte sie mich und warf mir meine früheren Worte direkt an den Kopf. Ich stöhnte innerlich und fragte mich, wie ich die Situation am besten erklären könnte.

„Du stellst zu viele Fragen für ein Mädchen, auf das ein Haufen Geschenke wartet, ausgepackt zu werden", kommentierte Luke und schlenderte in die Küche.

„Frohe Weihnachten, Daddy!", rief Lena und drehte den Hocker um, um ihn anzusehen. Sie umarmten sich, während ich anfing, ihre heiße Schokolade zu machen.

„Frohe Weihnachten, Mäuschen. Bist du bereit, ein Chaos zu veranstalten?"

Er sprach gerade mit ihr, sah mich aber dabei an.

„Kann ich jetzt meine Geschenke auspacken?", verlangte Lena. „Viv hat mich nicht gelassen."

Luke kicherte. „Das ist, weil du Viv nicht reinlegen kannst. Ja, geh ins Wohnzimmer. Wir sind in einer Minute da."

Sie brauchte keine zweite Aufforderung, und das Einzige, was ich noch hörte, war das Echo ihrer Füße auf den Fliesen, als sie wieder ins Wohnzimmer ging.

„Du brauchst dir keinen Kopf zu machen, ihr irgendetwas zu

erklären", sagte mir Luke, als Lena außer Hörweite war. „Sie wird mit den Fragen über uns aufhören, sobald sie sich an die Idee angepasst hat."

*Und wenn das der Fall ist, sind wir schon längst geschieden,* dachte ich grimmig, sprach es aber nicht laut aus. Ich war sicher, dass er das auch in Betracht gezogen hatte.

Stattdessen nickte ich. „Ich weiß."

„Ich hab etwas für dich", fuhr er fort. Aus seinem Morgenrock holte er einen Umschlag und gab ihn mir. Ich runzelte die Stirn und atmete leicht aus und wusste, dass ich das Richtige getan hatte, sein Geschenk unter den Baum zu legen. Er hatte für mich auch ein Geschenk.

*Das bedeutet gar nichts,* ermahnte ich mich und gab mir größte Mühe, das zu glauben. Nach unserem Gespräch wusste ich, dass er über Nacht seine Meinung nicht geändert hatte, aber ich konnte trotzdem nicht umhin, darüber Hoffnung zu hegen, was sich in dem Umschlag befand.

„Nur zu", drängte er mich. „Öffne ihn."

Nervös tat ich ihm den Gefallen, während mein Kopf sich ausmalte, was er enthalten könnte. Vielleicht ein Geschenkgutschein oder Tickets zu irgendetwas Exotischem. Oder vielleicht ein—

Ich unterbrach mich und beäugte das Stück Papier in meinen Händen. Es war ein Scheck über fünftausend Dollar.

Mir war gleichzeitig heiß und kalt, und ich konnte spüren, wie mein Körper anfing zu beben. Ich hatte ihm ein Geschenk besorgt, das von Herzen kam, und er hatte mir einen Scheck gegeben.

„Das ist dein Weihnachtsbonus", erklärte er und lächelte stolz. „Sag bloß bitte niemandem, wie hoch er ist, okay? Ich möchte nicht, dass die Angestellten empört sind."

Ich spöttelte, versuchte aber wieder das Gift herunterzuschlucken, das aus meinem Mund zu kommen drohte.

Wenn es nicht schon vorher glasklar gewesen wäre, wäre es spätestens jetzt ein harter Schlag direkt in mein Gesicht. Ich war seine Angestellte. All das Gerede, dass er sich um mich kümmert, war absoluter Mist gewesen. Ich dachte daran, was Agent Blair gesagt hatte, dass Luke spielte, um seinen Kopf durchzusetzen, und ich fragte mich, ob da nicht etwas Wahres dran war.

„Danke", sagte ich steif und atmete tief ein und drehte mich um, als die Milch anfing, auf dem Herd zu kochen. „Das ist sehr freundlich."

Er war für eine Minute still.

„Bist du verärgert? Hast du mehr erwartet?"

Ich lachte und wirbelte wieder zu ihm herum. Ich konnte ihn nur anstarren, und plötzlich war ich gar nicht wütend, sondern nur noch zutiefst verletzt.

Er verstand wirklich nicht, was da gerade falsch lief, woraufhin ich mich fragte, ob ich wohl diejenige war, die eine verschrobene Sichtweise hatte.

„Kommt ihr denn endlich?", schrie Lena. „Ich packe jetzt bald die Geschenke aus!"

„Vivian?"

Ich schüttelte meinen unordentlichen blonden Haarschopf, so dass die Strähnen mir in die Augen fielen, und machte mich wieder an Lenas heiße Schokolade.

„Alles ist gut. Ich bin nur überwältigt." Zumindest war das nicht gelogen.

Er sah nicht überzeugt aus, aber ich war es in diesem Moment. Ich wusste, woran ich bei Luke war, und ich würde das nicht nochmal vergessen.

Ich war bloß das Kindermädchen seiner Tochter und mehr als das würde ich niemals sein.

8

# KAPITEL ACHT

LUKE

Ich konnte die Spannungen spüren, die sich im Haus auflud, während die Tage verstrichen. Auch wenn es nicht die Art von Drama gab, die Kate während unserer Ehe angestachelt hatte, braute sich unter dem höflichen Lächeln und Nicken, das Vivian und ich austauschten, wenn wir uns im Flur begegneten, etwas zusammen.

Sie war an ihren freien Abenden plötzlich nicht mehr da und ging stattdessen in die Stadt und kam erst wieder nach Hause, als ich schon längst ins Bett gegangen war. Ich fragte mich mittlerweile, ob sie einen Freund gefunden hatte, aber ich wusste, dass es mich nicht wirklich etwas anging, auch wenn mir der Gedanke ein unangenehmes Gefühl in meiner Magengegend bescherte.

Was, wenn die USCIS-Agents sie beobachteten? Sie waren nicht noch mal bei mir gewesen, sie waren aber verpflichtet, aufzutauchen oder irgendwann einen Termin auszumachen.

„Ich kann bezüglich ihrer Einbürgerung gar nichts machen, solange sie sich in der Überprüfung befindet", erklärte Cory mir, als ich ihn fragte, wie lange es dauern würde, bis ihre Papiere durch waren. „Es wäre vielleicht besser gewesen, wenn sie zurück nach Kanada geschickt und es von dort geregelt worden wäre."

„Nein, das wäre es nicht", knurrte ich. „Lena hätte das emotional nie überlebt."

„Es klingt so, als wäre es Ihnen auch nicht viel besser ergangen", kommentierte mein Anwalt trocken.

„Sagen Sie mir einfach, was gemacht werden muss, um die Dinge voranzutreiben, Cory. Wie lange wird diese Überprüfung dauern?"

„So lange wie sie eben dauert. Wenn sie Ihnen das Leben schwer machen wollen, dann tun sie es. Ihr Mädchen könnte sich auf einen langen, schmerzhaften Prozess gefasst machen."

„Sie werden sie aber nicht zurückschicken, solange sie mit mir verheiratet ist, oder?"

„Das habe ich nie behauptet", protestierte Cory. „Sie ist Kanadierin. Zugegeben, Sie sitzen am längeren Hebel als die meisten, und sie wollen es sich wahrscheinlich nicht mit Ihnen verscherzen, sie könnten sie aber trotzdem jederzeit zurückschicken, Luke."

Die Worte ließen mein Blut gefrieren.

„Wie kann ich sicherstellen, dass sie nicht zurückgeschickt wird? Und zwar niemals."

„Das können Sie nicht. Es sei denn, Sie verstecken sie irgendwo", kicherte er, aber ich war nicht belustigt.

In Gedanken spielte für ein paar Sekunden mit der Option. Cory schien meine Gedanken lesen zu können.

„Das war ein Scherz! Sind Sie verrückt? Sie begehen bereits ein bundesstaatliches Vergehen, indem Sie sie für eine Greencard geheiratet haben. Möchten Sie jetzt noch Behinderung einer bundesstaatlichen Ermittlung zu den Anklagepunkten hinzufügen?"

„Ich versuche einen Weg zu finden, dass meine Frau nicht

ausgewiesen wird", schnauzte ich. „Deshalb verschwende ich meine Zeit mit Gesprächen mit Ihnen!""

„Ihre Frau? Ich dachte, sie wäre Lenas Kindermädchen."

„Cory ..." Ich spürte, wie meine Wangen brannten. „Tun Sie einfach etwas dagegen."

„Ich schau mal, ob ich zaubern kann."

Wir beendeten unser Telefonat, und ich schritt durch mein Arbeitszimmer und blickte auf meine Uhr.

Es war neun Uhr, und Vivian war noch nicht zu Hause.

Wie aufs Stichwort hörte ich den Alarm piepsen, als sich die Vordertür öffnete. Ich ging in Richtung Foyer und kochte.

„Wo zur Hölle bist du gewesen?", bellte ich sie an. „Weißt du, wie spät es ist?"

Sie blinzelte mich überrascht an.

„Es ist neun Uhr", antwortete sie. „Hab ich dich geweckt?"

„Mich geweckt? Ich habe seit Wochen nicht mehr geschlafen! Vivian, du kannst nicht einfach an deinen freien Tagen verschwinden. Was, wenn die USCIS vorbeikommt?"

Ihr verwirrter Gesichtsausdruck verschwand nicht, aber ein Anflug von Trotz kam hinzu.

„Stehe ich unter Hausarrest?", fragte sie, wobei die Frage ernstgemeint war.

Ihre Aufrichtigkeit holte mich wieder auf den Boden der Tatsachen zurück. Natürlich stand sie nicht unter Hausarrest. Warum reagierte ich so heftig? Wenn die Agents auftauchten und sie war nicht zu Hause, wen scherte das? Sie wären selbst schuld, wenn sie keinen Termin vereinbarten.

„Nein, tust du nicht", räumte ich widerwillig ein. „Was aber, wenn sie dir nachgehen und ich nicht bei dir bin?"

Sie sah einfach noch verwirrter aus. Ich fing allmählich an, mich wie ein Verrückter zu fühlen.

„Musst du denn ständig mit mir zusammen sein?"

Wieder war die Frage real. Sie versuchte, meine irrationale

Wut zu verstehen, wie aber konnte sie das, wenn ich nicht einmal sicher war, warum ich so angespannt war?

„Nein ..." Ich atmete laut ein und wollte, dass mein Hirn normal arbeitete.

Sie ging langsam auf mich zu, und ich sah diamantene Schneeflocken in ihrem Haar, die schmolzen und eine glänzende Krone über ihrer Stirn hinterließen. Sie mochte die Kälte vielleicht nicht, aber die Kälte liebte sie. Ihr Teint war ein gesundes, strahlendes Rot, und ihre Augen glänzten mit ungeweinten Tränen vom Wind. Sie sah wie ein gefrorener Engel aus.

„Was ist los?", fragte sie nervös. „Stimmt was nicht?"

„Ich weiß nicht", gab ich zu. „Ich habe ein ungutes Gefühl, dass etwas passieren wird, und ich weiß nicht, wie ich es aufhalten kann."

„Was denn?", würgte sie hervor, und ihr Gesicht neigte sich nach oben, um mich angstvoll anzusehen. „Ich werde trotzdem ausgewiesen?"

„Ich weiß es nicht", beharrte ich. „Ich habe einfach manchmal diese Gefühle, Viv. Ich weiß, dass etwas passiert."

„Vielleicht sollten wir die USCIS anrufen, um herauszufinden, wie die Ermittlung läuft", schlug sie vor. „Statt einfach abzuwarten. Mittlerweile sind schon drei Wochen seit ihrem Besuch vergangen, und wir haben nichts mehr von ihnen gehört. Vielleicht wurde die Akte geschlossen."

„Das wurde sie nicht", antwortete ich ausdruckslos. „Ich habe gerade mit Cory telefoniert. Er kann mit den Formalitäten nicht weitermachen, solange sie noch ermitteln."

Sie presste ihre Lippen aufeinander und studierte weiterhin durch schmale Augen mein Gesicht.

„Dann müssen wir sie anrufen. Vielleicht können wir sie hierher einladen. Damit es vorangeht."

Ich nickte langsam und atmete leicht aus. Ich weiß nicht, warum ich erleichtert war zu hören, dass wir immer noch auf derselben Wellenlänge waren. Sie hatte nie angedeutet, dass sie ihre Meinung geändert hatte, aber seit Weihnachten waren wir uns nicht sonderlich nahe gewesen. Es beunruhigte mich, wie sehr sie sich zurückgezogen hatte.

Ich vermisste die kurze Freundschaft, die wir entwickelt hatten, die milden Neckereien und die Zeit, die wir zusammen verbrachten, wenn ich zu Hause war. Lena fragte ständig wegen ihrer Abwesenheit, und ich wusste nie, was ich ihr sagen sollte.

„*Tut mir leid, Schatz, deine falsche Stiefmutter hält Abstand zu mir, weil wir miteinander geschlafen haben und alles in den Sand gesetzt haben*", klang nicht wirklich richtig.

„Vivian ist aus und lebt ihr Leben", war das Beste, was mir einfiel, aber das zu sagen erwies sich gerade als das Falsche.

„Ich dachte, wir wären ihr Leben", murmelte meine Tochter, und ich kam mir wie ein Blödmann vor. Das Letzte, was ich wollte, war Lena gegen Vivian aufzubringen.

„Das wirst du verstehen, wenn du älter wirst", beendete ich das Gespräch und benutzte die faule Ausrede, die nur Eltern zum Beenden eines Gesprächs benutzen konnten.

„Luke, wir werden überzeugender sein müssen, wenn sie wieder kommen. Mehr Einheit im Haus zeigen", murmelte sie.

Ich beäugte sie spekulativ. „Was meinst du?"

„Wir, äh ..." Sie hörte auf zu reden, vermutlich, um sich die richtigen Worte zu überlegen. „Wir sollten ein gemeinsames Schlafzimmer haben, für den Fall, dass sie nachsehen wollen."

Sie wurde knallrot, hielt aber unnachgiebig meinem Blick stand. Etwas an ihr war anders, und mir fiel es jetzt erst zum ersten Mal auf. Sie sah mich nicht mehr so an wie früher.

Das beunruhigte mich jetzt sehr.

„Du hast recht", stimmte ich zu. „Ich hätte schon viel früher daran denken müssen. Du kannst heute Abend deine Sachen in meine Suite räumen."

Sie runzelte die Stirn und schüttelte den Kopf.

„Ich ziehe nicht wirklich in deine Suite", erklärte sie. „Ich schlage nur vor, dass wir es so aussehen lassen, als würden wir ein Schlafzimmer teilen."

„Oh."

Ich war ob des überwältigenden Gefühls der Enttäuschung, das ihre Worte ausgelöst hatten, verwirrt. Ich konnte meine zwiespältigen Emotionen nicht in den Griff bekommen – ein Durcheinander aus Heiß und Kalt, dass ich meinen Mund auf ihren drücken wollten und sie in meine Arme nehmen wollte und ihr danken, dass sie mich nicht hasste.

Ihr Blick blieb auf mir haften, und es fühlte sich irgendwie wie eine Mutprobe, eine Herausforderung an. Ich war dabei.

Ich streckte meine Hand nach ihr aus, zog sie an mich heran und drückte meine Lippen auf ihre. Sie keuchte vor Entsetzen und riss sich sofort mit einem Ruck los.

„Was zur Hölle soll das?", würgte sie hervor und wischte mit ihrem Handrücken meinen Kuss von ihrem Mund weg. „Bist du verrückt?"

Ich dachte sehr ernst über diese Frage nach. Ich muss verrückt gewesen sein, dass ich so etwas tat, und sie hatte jedes Recht, so wütend zu sein.

„Es tut mir leid", seufzte ich. „Ich konnte nicht anders."

„Ich denke, dass das genau das verdammte Problem ist, Luke, dass du dich immer bedienst, wie es dir passt", schlug sie zurück.

„Was soll das denn bedeuten?", verlangte ich. Ich wusste, dass sie verärgert war und zwar aus gutem Grund, sie musste jetzt nicht so auf meinen Charakter anspielen.

„Egal", bellte sie und wirbelte zur Treppe herum. „Ich gehe jetzt schlafen."

Ich beobachtete sie, wie sie in Richtung ihres Schlafzimmers davonstürmte und bevor ich mich zurückhalten konnte, stürzte ich ihr nach.

Ich holte sie an ihrer Schlafzimmertür ein.

„Geh mir nicht nach! Ich möchte dich jetzt nicht sehen!" Sie hatte Tränen in ihren Augen, und ich wusste, dass ich sie mit meinem Kuss verwirrt und verletzt hatte – was Gefühle hochbrachte, die sie in den letzten paar Wochen unterdrücken konnte. Ich konnte mich deswegen nicht schuldig fühlen, nicht, wenn sie das wilde Tier in mir aufgeweckt hatte.

Ich schubste sie in ihr Schlafzimmer und schloss die Tür, während meine Augen aufblitzten.

„Du denkst, ich nehme mir, was ich will?", verlangte ich wutentbrannt. „Ich habe mir mein ganzes Leben den Arsch aufgerissen, um dahinzugelangen, wo ich bin. Alles, was ich tue, tu ich für meine Tochter."

Ihre Gesichtszüge erweichten sich nicht.

„Ja, so wie dich mir zu Willen zu machen und dann zu verkünden, dass du keine Gefühle für mich hast. Das hilft Lena total", spie sie zurück. Es war ein Schlag ins Gesicht und für einen Augenblick war ich sprachlos.

„Vivian, an dem Tag—"

„Oh, erspare mir das! Ich bin auch für Lena da – wirklich für sie da. Wenn sie nicht wäre, glaubst du, ich würde mir dein ganzes Herumgeeiere antun? Ich bin ihr Kindermädchen, ich bin nicht deine Mätresse oder Gelegenheitssex oder Hure oder was auch immer du von mir denkst! Du kannst mir nicht einfach einen Scheck ausstellen und so tun, als wäre alles wieder normal."

Ich hatte sie nie zuvor fluchen hören, und ich hasste es, das zuzugeben, aber es machte mich an. Ich wollte sie wieder küssen und diese vulgären Lippen auf meinen spüren – riskierte es aber nicht. Ich lief Gefahr, verletzt zu werden.

„Ich habe nie so von dir gedacht", sagte ich ihr sanft und blieb auf der Stelle stehen. „Ich könnte nie so von dir denken."

„Klar", schnaubte sie. „Und deshalb hast du gerade versucht, mir wieder deine Zunge in den Hals zu stecken."

„Vivian, du bedeutest mir etwas—"

Wenn sie etwas in ihrer Hand gehabt hätte, hätte sie es mir über den Schädel gezogen, da war ich mir sicher, und ihr Blick reichte aus, mich zum Schweigen zu bringen.

„Hau. Ab."

Ich wollte nicht gehen. Ich wollte da bleiben und sie beruhigen und ihr zeigen, dass ich nicht das reiche, anspruchsberechtigte Arschloch war, als das sie mich mittlerweile sah. Ich wollte meine Freundin zurück, meine Gefährtin, aber es gab keine Möglichkeit, das zu erreichen, nicht, wenn ich das Gefühl hatte, ich würde unter ihrem rasenden Blick zerschmelzen.

„Okay", murmelte ich und drehte mich in Richtung Flur um. „Ich werde gehen."

Ich ging über die Türschwelle und war entschlossen, etwas zu sagen, das bei ihr Widerhall fand, aber die Tür schlug Zentimeter von meiner Nase entfernt zu, und der Knall hallte durch den Flur.

„Daddy?"

Ah, scheiße.

„Hey, Schatz. Was machst du denn auf?"

„Ich habe Geschrei gehört. Streitest du und Viv euch?"

„Nein, nein", log ich und eilte zu ihr und lenkte sie wieder zu ihrem Schlafzimmer. „Du musst schlecht geträumt haben."

„Ich war wach."

Ich konnte wirklich mit keiner Frau in meinem Leben diskutieren.

„Ich habe keine Ahnung, was du gehört hast", flunkerte ich wieder. Wenn man kurz davor ist, Vater zu werden, schwört man sich, man würde sein Kind nie anlügen. Man ist ganz ehrlich, sagt man, kein Raum für Unehrlichkeit im Haus.

Aber dann werden sie größer …

„Daddy, verlässt Viv uns?"

Ich spürte einen Stich vor Sorge.

„Warum? Hat sie etwas gesagt?"

„Nein, aber ich denke, dass sie hier nicht mehr glücklich ist. War Mommy glücklich, bevor sie weggegangen ist?"

Oh Gott.

„Vivian wird hier so lange wie möglich bleiben", versicherte ich ihr, und ich wusste tief in meinem Herzen, dass das die Wahrheit war. Egal wie wütend Vivian mit mir war, sie liebte Lena viel zu sehr, um sie zu verlassen.

„Was meinst du mit so lange wie möglich? Warum sollte es für sie nicht möglich sein, zu bleiben?"

„Lena, sie geht nirgendwohin, okay?"

Meine Tochter blieb stehen, als wir ihre Suite erreicht hatten und starrte mich mit Augen an, die so sehr meinen ähnelten.

„Ich glaube dir nicht."

Mir fiel alles aus dem Gesicht.

„Was?"

„Ich glaube dir nicht, Daddy. Ich denke, dass sie uns verlässt und deshalb habt ihr euch gestritten." Sie fing allmählich an, etwas verzweifelt zu klingen, und ich würde lügen, wenn ich sagte, dass es mir nicht auch so ginge.

„Nein", sagte ich ihr und ging in die Hocke, damit wir auf Augenhöhe waren. „Sieh mich an, Lena. Ich werde alles in meiner Machtstehende tun, um dafür zu sorgen, dass Vivian bei uns bleibt."

Sie neigte den Kopf zur Seite und studierte mich spekulativ.

„Daddy, liebst du Vivian wirklich? Oder hast du sie nur geheiratet, damit ich eine Mommy habe?"

Ich schloss meine Augen und öffnete sie wieder, bevor ich antwortete.

„Lena, wenn du älter bist, dann wirst du verstehen, dass das Leben nicht immer so einfach ist. Es gibt so viele—"

„Also liebst du sie nicht."

Ich glotzte leicht und versuchte, an eine Möglichkeit zu denken, mich aus dieser Frage herauszureden. *Wenn ich es laut ausspreche, macht es das nicht real*, argumentierte ich. *Wenn ich es sage, um meine Tochter zu beschwichtigen, dann wird es dadurch nicht wahr.*

Warum fiel es mir dann so schwer, es zu sagen?

„Du hättest sie nicht heiraten sollen, Daddy." Sie sah mich schräg an, und der Gesichtsausdruck erinnerte mich an die andere stirnrunzelnde Frau, die ich gerade vor ein paar Augenblicken verlassen hatte. „Jetzt ist Viv die ganze Zeit traurig."

Sie gab mir keine Chance, zu antworten, bevor sie in ihr Zimmer verschwand, und die Tür vor meinem Gesicht zumachte. Das war die zweite Tür, die mir innerhalb von fünf Minuten vor der Nase zugeschlagen wurde.

Ich hoffte, das würde nicht zur Gewohnheit werden.

Langsam ging ich den Flur entlang in Richtung meines Schlafzimmers. Ich war plötzlich erschöpft. Meine Beine waren schwer, und meine Brust fühlte sich zusammengepresst an.

Immer wieder hallte Lenas Stimmchen in meinem Kopf nach.

*„Du hättest sie nicht heiraten sollen, Daddy. Jetzt ist Viv die ganze Zeit traurig."*

Es brannte so heftig in meiner Seele, weil ich wusste, dass meine Tochter recht hatte – ich hatte mir einen furchtbaren Plan überlegt, damit meine Tochter glücklich blieb, und jetzt zahlte jeder den Preis für mein erbärmliches Urteilsvermögen.

*Aber was war die Lösung?*

Ich schloss meine Augen und ließ mich auf mein Bett fallen und sank in die Daunendecke. Es gab für jedes Problem auch eine Lösung. Ich musste sie nur finden.

Wie konnte ich dafür sorgen, dass Vivian, Lena und ich glücklich sein würden?

Ich schlief über der Frage ein und wachte mit der Antwort – und mit jemandem, der an meine Schlafzimmertür hämmerte – auf. Bevor ich registrieren konnte, was gerade geschah, stürmte Krista in mein Schlafzimmer, deren Blick voller Sorgen war.

„Luke, Regierungsbeamte sind hier", würgte sie hervor. „Sie sind unten."

Ich saß kerzengerade im Bett und sah, dass die Sonne kaum aufgegangen war.

„Was zum Teufel tun sie hier um diese Uhrzeit?", verlangte ich und stürmte hinter Krista her. In Sekunden hatte ich meine Antwort, als ich einer Gruppe im Flur begegnete. Vivian stand in Handschellen zwischen den Agents Blair und Brody.

Vivian drehte sich zu mir um und sah mich an, ihre hellbraunen Augen waren gequält und in Schrecken versetzt.

„Was zur Hölle geht hier vor?", schrie ich einen der Agents an. „Sie können sie nicht mitnehmen.

„Wir haben empfohlen, dass sie zurück nach Kanada auszuweisen wird, Mr. Holloway", sagte Agent Blair rundheraus. „Wir haben uns noch nicht entschieden, ob wir gegen Sie beide Anzeige erstatten, aber wir melden uns."

Furcht und Empörung erfüllte mich, und ich lief auf sie zu, blieb aber ruckartig stehen, als ich Lenas Stimme nach mir rufen hörte.

„Daddy? Daddy!"

Gänsehaut explodierte auf meinen Armen, und ich beobachtete mit Bestürzung, wie Vivian verschwand.

„Daddy! Wo bringen sie Viv hin? Wurde sie verhaftet?"

„Es ist okay", sagte ich zu Lena und zog sie an mich. „Es ist okay. Alles wird gut."

„Nein! Daddy, du hast versprochen, du würdest alles tun, um sie hier zu behalten! Geh und hol sie! Lass sie sie nicht mitnehmen!", schluchzte sie.

Ihr qualvolles Heulen zerriss mich innerlich, und ich wollte sie so gerne in meinen Armen halten und mit meiner Tochter weinen. Aber ich konnte nicht zulassen, dass ich auch zusammenbreche.

Ich musste einen Weg finden, Vivian nach Hause zu holen.

## KAPITEL NEUN

VIVIAN

Sie hatten mir nicht erlaubt, irgendetwas mitzunehmen. Als ich in Vancouver gelandet war, trug ich immer noch die Klamotten, die ich mir hastig anziehen durfte, als sie mich an jenem Morgen aus dem Bett geholt hatten.

Zum Glück hatte ich meine Tasche und ich saß immer noch auf meinem Fünftausend-Dollar-Scheck, der mein „Bonus" sein sollte. Es hatte sich schäbig angefühlt, ihn einzulösen, nach dem, was zwischen mir und Luke geschehen war, aber jetzt war ich wieder im Überlebensmodus und ohne ein Zuhause.

Ich war bis zu meinem Flug in Gewahrsam und mir wurde nicht erlaubt, jemanden anzurufen. Ein Teil von mir hatte gehofft – bis zu der Sekunde, in der das Flugzeug startete –, dass Lukes Anwalt mit einer gerichtlichen Verfügung oder Mandat oder was auch immer Anwälte taten, um Ungerechtigkeiten zu vereiteln, durch die Tür gestürmt kommen würde.

„*Stopp!*", würde er schreien. „*Sie können diese Frau nicht entfernen! Sie ist ein amerikanischer Schatz.*"

Es war nicht meine beste Stunde, aber ich war verzweifelt – hoffte, betete, flehte still, dass ich nicht von der einzigen Familie losgerissen wurde, die ich gekannt hatte.

Aber da war ich nun, stand in Nord-Vancouver und hielt Ausschau nach einem billigen Hotel, das ich mein Zuhause nennen konnte.

Es war tatsächlich passiert. Ich war des Landes verwiesen worden, und das bedeutete, dass ich nie wieder in die Staaten einreisen durfte. Meine Stieftochter würde mich in Kanada besuchen kommen müssen, falls ihr Vater es denn in die Wege leitete.

Heiße Tränen füllten meine Augen, aber ich weigerte mich, mich gehen zu lassen, besonders nicht in der von Verbrechen heimgesuchten Nachbarschaft von Nord-Vancouver, wo Leute gerade auf jemanden wie mich warteten, den sie zum Opfer machen konnten.

Als ich dastand und mich nach einem Ort umsah, wo ich hinkonnte, unterbrach ein Donnergrollen meine Gedanken. Ich blickte auf, wie Sturmwolken sich über meinem Kopf zusammenbrauten und meine Zukunft vorhersagten.

*Trautes Heim, Glück allein,* dachte ich verbittert. *So schließt sich der Kreis.*

„Viv, deine Bestellung wartet!", rief Ricky und läutete die Klingel. „Du brauchst ja ewig."

Ich blickte von der Theke auf, beeilte mich mit dem Abräumen und fragte mich, warum zum Teufel Leute das Kellnern zum Beruf machten. Ich arbeitete jetzt schon seit drei Monaten in dem Diner, und es schien lediglich immer schwerer zu werden und nicht leichter.

Dennoch, das Leben in Vancouver war nicht billig, und ich hatte Glück, überhaupt einen Job zu haben.

„Hallo? Erde an Vivian!"

„Ich komme", sagte ich ihm und ging auf die Durchreiche

zu. Kaum hatte ich einen Teller genommen, erschienen schon drei weitere, um ihn zu ersetzen.

Ich sog scharf die Luft ein und warf Ricky einen unheilvollen Blick zu. Ich glaubte, dass er absichtlich die Bestellungen anhäufte, nur um mir beim Rennen zuzusehen. Er zeigte mir ein widerliches Grinsen.

„Schneller, Süße. Sie servieren sich nicht von selbst." Er unterstrich seine Feststellung noch mit einem schmierigen Zwinkern.

Ich verkniff mir eine beleidigende Antwort. Ich brauchte den Job, egal wie verachtenswert die Angestellten und Kunden auch waren. Es war ein Truck Stop gleich an der Hauptverkehrsstraße und während die Trucker, die auf der Durchfahrt waren, immer angenehm waren, waren die Stammgäste furchtbare Gestalten, die kein Problem damit hatten, mir nach Belieben an den Arsch zu fassen. Dem Inhaber war das egal, und die Kellnerinnen waren daran gewöhnt. Anscheinend war ich die Einzige, die sich daran störte.

„Oh, bist du aber ein süßes Ding", gurrte eine alte Oma mir zu, als ich ihr ihre Bestellung des ganztägigen Frühstücks hinstellte. Es trotzte der Logik, dass sie das alles essen konnte, aber ihre Begleitung, ein Junge um die zwanzig mit hervorstehenden Zähnen, machte sich mit viel Appetit über seinen Teller her.

„Danke", antwortete ich und lächelte sie an. „Brauchen Sie noch etwas?"

„Schau mal, Stevie. Ist sie nicht hübsch?"

Der Junge sah kaum zu mir auf, und dafür war ich dankbar. Ich hatte das Gefühl, dass Oma versuchte, die Kupplerin zu spielen, und das war das Letzte, was ich brauchte.

„Wie alt bist du denn, Schätzchen?"

„Sechsundzwanzig", seufzte ich und blickte bedeutungsvoll

über meine Schulter zur Durchreiche, aber Oma war noch nicht fertig.

„Du bist nur ein paar Jahre älter als Stevie, aber mach dir keinen Kopf, er wird ein guter Daddy. Er hat schon zwei eigene, nicht wahr, Stevie?"

Ich spürte, wie mir alle Farbe aus dem Gesicht wich, und ich starrte sie an.

„Was?", flüsterte ich.

Sie grinste mich wissend an und zwinkerte mir mit wässrigen Augen zu.

„Du bist schwanger, nicht wahr?"

Mir klappte die Kinnlade herunter, und ich trat einen Schritt vom Tisch zurück und fragte mich, ob sie eine Art Hexe war.

„Ich ..."

Die alte Frau johlte und schlug auf den Tisch.

„Hast du ihr Gesicht gesehen, Stevie?", gluckste sie. „Schon okay, Schätzchen. Ricky hat mir alles über dich erzählt. Ich bin auch seine Oma."

Ich hasste Ricky in dem Moment mit jeder Faser meines Seins. Ich beehrte ihre Worte nicht mit einer Antwort und ging einfach wieder nach hinten und kochte.

„Wie kannst du es wagen, über meine persönlichen Angelegenheiten zu sprechen?", fauchte ich.

Ricky grinste mich einfach an. „Ich hasse es, der Überbringer schlechter Nachrichten zu sein, Süße, aber hier gibt es so was wie persönliche Angelegenheiten nicht."

„Ricky, warum erzählst du ihr so etwas? Ich weiß, dass du mich nicht magst, aber das geht zu weit!"

Er zuckte mit den Achseln und für einen Moment lang sah ich Demut in seinen Augen aufblitzen.

„Ich wollte nur helfen", antwortete er nonchalant, und ich widerstand dem Drang, meine Hand auszustrecken und ihm eine Ohrfeige zu verpassen.

„Wie zur Hölle soll das helfen?"

„Meine Großmutter kennt jeden. Sie kann dich verkuppeln, und alles wird sich zum Guten wenden für dich."

Ich blinzelte ihn verständnislos an.

„Wie wird für mich alles gut?", verlangte ich und versuchte, seiner Logik zu folgen, aber ich wusste, dass ich wahrscheinlich meine Zeit verschwendete. Seine nächsten Worte ließen mir jedoch die Haare zu Berge stehen.

„Weil, Viv, niemand sollte ein Baby allein großziehen müssen."

Ich starrte ihn an und realisierte zum ersten Mal, dass ich tatsächlich einen Freund in Vancouver haben könnte, egal wie fehlgeleitet er auch sein mochte.

„Jetzt beeile dich, verdammt noch mal, und serviere das Essen."

ICH WAR dreizehn Wochen und vier Tage schwanger, aber ich hatte immer noch keine Möglichkeit gefunden, Luke von dem Baby zu erzählen. Ich wusste, dass ich das irgendwann tun musste, aber irgendwie hatte ich das Gefühl, ich würde ihn schützen, indem ich es geheim hielt.

Oder vielleicht schützte ich mich selbst. Was würde er tun, wenn er es herausfand? Würde er sich scheiden lassen und das Sorgerecht einklagen? Unsere Scheidung war unausweichlich, aber der Gedanke, mein Baby aufzugeben, war unerträglich.

Ich schlussfolgerte, dass er niemals so grausam sein würde, dass er mich nicht hasste, egal wie wir die Nacht vor meiner Ausweisung zueinander waren.

Ich hatte mit ihm nur zweimal gesprochen, seit ich wieder in Kanada war, und beide Male waren rein zufällig. Ich war sehr vorsichtig und plante meine Anrufe zu Zeiten, wenn ich wusste, dass Lena von der Schule nach Hause gekommen, aber

Luke noch auf Arbeit war. Diese zwei Male hatte ich mich geirrt.

Das erste Mal war der Tag nach meiner Ausweisung.

„Wo bist du?", verlangte er. „Wir kommen dich jetzt sofort besuchen."

„Nein", sagte ich ihm und versuchte, die Emotionen aus meiner Stimme zu lassen. „Du musst die Füße still halten und mit USCIS sprechen. Wer weiß, vielleicht holen sie dich auch noch. Wenn du hierherkommst, könnten sie denken, dass du außer Landes fliehst."

Ich wusste nicht, ob das stimmte oder nicht, aber es klang definitiv so, als hätten es die Agents Blair und Brody auf uns abgesehen. Ich hätte die Ausweisung vorhersehen müssen, ich hatte mich in meinem Leben aber zu bequem, zu sicher ob der Tatsache gefühlt, dass ich mich hinter Lukes Namen verstecken könnte.

Egal wie nervös er mich gemacht hatte oder wie viele gemischte Signale er mir gesendet hatte, ich hatte mich dort wirklich wohl und entspannt gefühlt. Wie dumm.

„Ich werde mit Cory sprechen. Was brauchst du? Ich schicke dir, was auch immer du willst."

Die Verzweiflung in seiner Stimme versetzte mir Stiche ins Herz, aber ich wusste, selbst dann, dass ich nichts mehr von ihm nehmen konnte.

Ich wollte nichts sehnlicher, als dass er zu mir kommt, Lena mitbringt, damit ich sie trösten konnte, wenn ich wusste, dass sie durch die Hölle ging, ich musste sie aber loslassen. Was für eine andere Wahl hatte ich? Ich konnte für Lena kein Kindermädchen sein, während ich in Kanada lebte.

„Wo übernachtest du?", verlangte er zu erfahren.

„Das ist egal. Ich denke, es ist das Beste, wenn ich nicht mehr mit dir spreche", sagte ich. „Ich werde nicht mehr anrufen, aber ich wollte einfach Danke sagen für alles, was du für mich getan hast. Du musst dir um mich keine Sorgen machen. Es geht mir gut."

„Was?", fragte er, und ich konnte die Fassungslosigkeit in seiner Stimme hören. „Du lässt uns einfach so allein?"

Galle blubberte in meinem Magen, aber ich wusste, dass ich standhaft bleiben musste. Es hatte keinen Sinn, das Unausweichliche in die Länge zu ziehen. Lena konnte nicht ihrer Wege gehen, wenn sie sich an eine falsche Hoffnung klammerte, dass wir wieder vereint würden. Das war ihr gegenüber unfair, egal wie sehr mir das das Herz brach.

„Es ist besser so", erzählte ich ihm mit brüchiger Stimme.

Das war nun drei Monate her und leichter gesagt als getan. Ich konnte nicht aufhören, Lena anzurufen, und jedes Mal, wenn ich wieder auflegte, hasste ich mich dafür, dass ich sie zum Weinen gebracht hatte, wenn wir uns voneinander verabschiedeten.

Ich vermisste sie wahnsinnig. Nachts wenn ich nicht schlafen konnte, erzählte ich meinem ungeborenen Baby von seiner Schwester.

„Du wirst sie kennenlernen, das verspreche ich", erklärte ich. „Wenn ich eine Möglichkeit gefunden habe, deinem Daddy von dir zu erzählen. Ich habe bereits deinen Daddy und deine Schwester verloren. Ich kann den Gedanken nicht ertragen, dich auch noch zu verlieren."

Mein normalerweise flacher Bauch begann gerade anzuschwellen, und ich rieb sanft die Haut.

Ich liebte bereits das Mäuschen, das da in meinem Bauch heranwuchs, auch wenn mich der Monat mit der Morgenübelkeit fast umgebracht hatte. Das war für mich einfach eine Erinnerung, dass, egal wie schlimm es wurde, ich sie niemals aufgeben würde, nicht, wie meine Eltern mich aufgegeben hatten.

„Du und ich gegen den Rest der Welt", versprach ich,

während ich auf meiner schäbigen Matratze lag und an die Decke starrte.

Die Einzimmerwohnung war eine Steigerung zur Pension, in der ich nach meiner Ausweisung gelandet war, sie war aber immer noch ein Drecksloch.

*Schau, wie weit du gekommen bist – von einem En Suite in einer Villa zu einer undichten Einzimmerwohnung in einer beschissenen Gegend.*

Es wäre für mich so einfach gewesen, Luke anzurufen und ihm alles zu erzählen. Ich war sicher, dass er mich innerhalb von zwei Stunden in einer neuen Wohnung untergebracht hätte, aber mein Stolz und mein Unabhängigkeitssinn ließen das nicht zu.

Natürlich lungerte in meinem Kopf der Gedanke, dass Luke sich immer seinen Weg erkauft hatte, egal was er wollte. Er würde nicht auch noch mein Kind kaufen.

Ich fragte mich, ob ich unfair war, falls die Tatsache, dass ich an der unerwiderten Liebe für den Mann leidete, meine Perspektive auf die Wahrheit verändert hatte.

Immer wieder dachte ich an die guten Zeiten, die wir hatten, sowohl vor als auch nach der Hochzeit.

Wir waren einmal fast wie eine echte Familie gewesen, und jetzt ...

Mein Leben war bittersüß. In manchen Nächten war ich außer mir und kämpfte mit meiner eigenen Hand, während ich nach dem Telefon griff, um ihn anzurufen, und in anderen Nächten war ich glückselig und zufrieden, zu wissen, dass ich mein Baby für mich alleine hatte.

Alles, was ich gewiss wusste, war, dass, welches Leben auch immer ich unter demselben Dach mit Luke gelebt hatte – gut, schlecht oder was auch immer –, es war für immer vorbei.

## KAPITEL ZEHN
LUKE

Lena sah mich nicht mehr wie früher an. Ihr süßes, sonniges Gemüt löste sich auf, sobald Vivian fort war, und ich wusste genau, wie sie sich fühlte – meine Seele fühlte sich auch so an, als wäre sie aus meinem Körper gerissen worden.

An jenem furchtbaren Morgen war ich mit der Erkenntnis aufgewacht, dass ich in Vivian verliebt war. Das war nicht wegen Lena oder einem eigennützigen Trieb, sie zu besitzen, sondern einer aufrichtigen Liebe, die sich über die Monate, in denen sie an unserem Leben teilgenommen hatte, in mich geschlichen hatte.

Ich war aber zu spät zu diesem Schluss gekommen, und jetzt war sie fort – für immer aus meinem Leben gerissen.

Lena gab mir die Schuld, und dazu hatte sie auch das Recht, aber sie konnte mich für das, was geschehen war, nicht mehr hassen, als ich mich selbst schon dafür hasste. Selbst wenn ich alles mir Mögliche bezüglich der USCIS getan hätte, hätte ich nicht alles mir Mögliche für Vivian getan.

Mein Telefon klingelte, und ich nahm ab.

„Cory! Was haben Sie?"

„Ich habe sie nicht gefunden", seufzte mein Anwalt. „Aber sie hat Sie gefunden."

Ich hatte keine Ahnung, was das bedeutete.

„Sprechen Sie Englisch."

„Vivian reicht die Scheidung ein."

Die Worte waren ein Schlag in mein Gesicht, und ich taumelte physisch zurück.

„Was?", würgte ich hervor. „Wo—woher wissen Sie das?"

„Ich hab die Papiere in meinem Büro", erklärte Cory. „Möchten Sie, dass ich sie Ihnen bringe oder—"

„Ich bin unterwegs."

Ich legte auf und schnappte mir meine Schlüssel aus der Schreibtischschublade. Cory war in Boston, nur ein paar Blocks von meinem Büro entfernt, und ich zog schon fast in Betracht, schnell zu Fuß hinüberzulaufen, aber ich nahm klugerweise mein Auto. Ich brauchte die Kopffreiheit, um mich zusammenzunehmen.

Ich hatte einen seiner privaten Ermittler beauftragt, Vivian zu finden. Ich wusste, dass sie in Vancouver war, es war aber eine große Stadt – eine große, kanadische Stadt. Welche Ressourcen Corys PIs auch hatten, sie dehnten sich nicht über Grenzen aus. Mein nächster Schritt war, einen zu finden, der näher zu ihrem Zuhause war.

Selbst wenn sie meine Liebeserklärung nicht akzeptierte, musste ich sie wissen lassen, was ich für sie empfand, bevor sie mich komplett fallen ließ.

Ich wusste, dass Vivian in den letzten Monaten Lena regelmäßig angerufen hatte. Ich hatte mich bei ihr nicht geirrt – sie würde mein Kind niemals im Stich lassen. Ich aber war eine andere Geschichte. Ich hatte keine großen Hoffnungen, dass sie meine Worte für bare Münze nehmen würde, aber ich musste es wenigstens versuchen.

Aber zuerst musste ich sie finden.

Ich kam nur Minuten später in Corys Büro an und parkte meinen Jag im Besucherparkplatz. Unter normalen Umständen wäre ich begeistert gewesen, in meinem Frühlingsfahrzeug herumzufahren, mir war aber der Auto- oder Jahreszeitenwechsel kaum aufgefallen.

Meine Gedanken drehten sich nur um Vivian und wie ich sie zu mir zurückholen konnte.

„Hier", seufzte Cory, als ich in seinem Büro auftauchte. Seine ausgestreckte Hand hielt einen Manila-Umschlag, den ich nahm und las. Zu meiner Erleichterung sah ich ihre Absenderadresse.

„Warum haben Sie mir nicht einfach gesagt, dass da eine Absenderadresse war?", schnauzte ich ihn wütend an.

Cory knurrte. „Luke, weil sie Ihnen einen Ausweg geben wollte. Sie ist durch mit dieser Farce, und das sollten Sie auch sein. Es gibt keinen Grund, sich das weiter anzutun."

Ich verstand jetzt – Cory wollte mich persönlich belehren.

„Keine Chance", antwortete ich und wirbelte herum, um das Büro zu verlassen. „Ich werde nichts unterschreiben, bis ich meine Frau gesehen habe."


Sie war nicht zu Hause, als ich dort ankam – oder falls sie es war, ging sie nicht an die Tür.

Ich hatte überlegt, Lena mitzunehmen, hatte aber keine Ahnung, was ich von Viv erwarten konnte, wenn ich sie sah. Soweit ich wusste, könnte sie mir mitten ins Gesicht eine reinhauen und mich auffordern, sie verdammt noch mal in Ruhe zu lassen.

*Vielleicht hätte ich Lena mitnehmen sollen,* dachte ich ironisch, da ich wusste, dass Vivian mir nie vor meiner Tochter den Arsch aufreißen würde. Jetzt war es zu spät.

Ich saß für vier Stunden in meinem Mietwagen und beobachtete das heruntergekommene niedrige Gebäude, das Viv als ihre Absenderadresse angegeben hatte. Für eine Weile fragte ich mich, ob es eine Scheinanlage war oder ob vielleicht ein Freund dort lebte. Sie hatte darauf beharrt, mir nicht zu sagen, wo sie lebte. Hätte sie ihre Adresse wirklich so leicht herausgegeben? Ich schlussfolgerte, dass es ein gerichtliches Dokument war und da hätte sie nicht geflunkert. Alles musste da seine Ordnung haben, wenn sie vorankommen wollte.

*Mit unserer Scheidung vorankommen.*

Es war nach Mitternacht, als ich sie endlich sah, und zuerst erkannte ich sie gar nicht. Sie trug eine hellblaue Uniform – wie eine Kellnerin aus den Fünfzigern – ihr Haar war zu einem wirren Haarknoten hochgesteckt.

Mit Entsetzen wurde mir klar, dass sie in irgendeinem Diner arbeiten musste.

Warum hatte sie mir nicht einfach gesagt, dass sie Geld brauchte? Gott, warum war sie so verdammt stur?

Ich sprang aus dem Auto und huschte über den Parkplatz. Sie sah mich nicht sofort, und ich wusste, ich sollte meine Schritte verlangsamen, wenn ich ihr keine Angst machen wollte, ich konnte das aber nicht. Nicht wenn sie so nah war.

Ich war fast bei ihr, als sie herumwirbelte und mich entsetzt ansah.

„Luke! W—was machst du hier?", keuchte sie, und ich konnte sehen, dass ich ihr Angst eingejagt hatte.

„Sag nichts, bis ich mit dem durch bin, was ich zu sagen habe", knurrte ich und versuchte erfolglos, einen neutralen Tonfall zu bewahren. „Und danach, wenn du mir sagen willst, ich solle zur Hölle fahren, dann geh ich und werde dich nie wieder belästigen."

Der Schmerz in ihren Augen war klar, während sie ihren Kopf schüttelte.

„Nein", sagte sie leise und sah sich um. „Wir können das nicht hier machen. Komm rein."

Mir wurde plötzlich klar, wie schäbig die Nachbarschaft wirklich war, eine Tatsache, die ich irgendwie übersehen hatte, trotz der Stunden, die ich hier im Auto verbracht hatte.

Sie war bereits durch den Seiteneingang ihres Gebäudes gegangen und stieg die Treppen hoch.

„Das ist gut", sagte ich ihr, und sie hielt mitten auf den Stufen inne, drehte sich um, um mich mit großen Augen anzusehen.

„Ich kann keiner Scheidung einwilligen, bis du weißt, was ich für dich wirklich empfinde", erzählte ich ihr rundheraus. „Ich habe einen Fehler gemacht, es dir nicht schon vorher zu erzählen."

„Luke, du sagst das nur, weil du Schuldgefühle oder ein fehlgeleitetes Bedürfnis hast, mich zu beschützen, aber—"

„Nein! Hör mir zu!", bellte ich und sprang zwei Stufen auf einmal hoch, um bei ihr zu sein. „Du irrst dich. Ich dachte genauso, als ich anfing, etwas für dich zu empfinden. Ich tat die Eifersucht, die ich empfand, als ein Bedürfnis ab, dich zu beschützen, und die Anziehungskraft, die ich für dich hatte, als etwas anderes, aber ich habe dich immer geliebt. Wie konnte ich das nicht? Du bist alles, was ich je in einer Partnerin wollte."

Unter dem flackernden Neonlicht starrte sie mich an und in ihrem Gesicht zeigten sich unzählige Emotionen. Ich konnte sehen, dass sie versuchte, zu entscheiden, ob sie mir glauben sollte oder nicht, aber selbst ich konnte hören, dass meine Worte Aufrichtigkeit ausstrahlten und voll mit Gefühlen waren, die ich für sich empfand.

„Bitte, Viv, ich mach dir keine Vorwürfe, dass du vor mir wegläufst. Ich weiß, dass du auch denkst, dass es das Beste für Lena ist, und ich würde dir Recht geben, wenn —"

Ihr Mund war auf meinem und ohne einen Schlag auszusetzen waren unsere Körper miteinander verbunden. Die Erleichterung, die ich empfand, nahm mir fast völlig die Luft. Es war, als hätte ich drei Monate lang an einem riesigen Atemzug festgehalten.

Unsere Arme waren umeinander geschlungen, und in Sekunden hatte ich sie gegen die Wand neben der Tür gedrückt, ihr altmodischer Rock rutschte ihre Schenkel hoch, während ich ihren Knöchel um meine Hüfte legte.

Ein langsames Seufzen entkam ihrem Mund, als ich meine Lippen an die Vertiefung ihrer Kehle legte. Ich fand meine neue Lieblingsstelle an ihrem Hals und saugte sanft daran.

„Du hast keine Ahnung, wie lange ich schon diese Worte von dir hören wollte", murmelte Viv. „Ich habe davon schon fast in dem Moment geträumt, als ich dir zum ersten Mal begegnet bin."

„Ich war ein Idiot", flüsterte ich und zog sie an mich heran und trieb die Beule meiner Leistengegend an sie. Selbst zwischen dem Stoff meiner Hose und ihrem Höschen konnte ich ihre brennende Hitze durchsickern spüren.

Sie hatte mich nicht aufgegeben, und ich hatte sie nie aufgegeben. Ich würde sie nie wieder gehen lassen.

Ein sanfter Schrei entwich ihrem Mund, als meine Finger über die klitschnasse Spalte zwischen ihren Beinen glitten. Sie warf ihren Kopf zurück, um mich anzusehen und nickte eifrig.

„Jetzt", flüsterte sie. „Nimm mich. Ich habe schon zu lange auf dich gewartet."

Das musste sie mir nicht zweimal sagen, und ich schaffte es, den Reißverschluss meiner Hose zu öffnen und meinen steinharten Schwanz
gegen ihre Lieblichkeit zu gleiten.

Ihr ganzer Körper wuchtete sich hoch, als ich in sie eindrang, und sie stöhnte laut. Wieder war ich vom Sog ihres klammernden Inneren erstaunt, und ich musste mich umgehend fangen, da ich besorgt war, dass ich schon kommen würde, bevor wir überhaupt angefangen hatten.

„Fick mich."

Ah, die vulgäre Sprache gab mir den Rest. Plötzlich tauchte ich in sie, trieb sie gegen die Betonziegel des Treppenhauses, während ihre Schreie durch die leeren Stockwerke hallten. Wenn irgendwer vorgehabt hatte, die Treppe zu nehmen, hatte er höchstwahrscheinlich seine Meinung geändert, nachdem er Vivians Schreie gehört hatte.

Jeder Schrei zwang mich, noch härter in sie zu stoßen, während meine Finger in ihren wohlgeformten Arsch bohrten, bis ich beide Beine fest um meine geschlungen hatte. Ich wusste, dass ihr Rücken voller blauer Flecken sein würde, wenn wir hier fertig waren, aber es war mir egal, und ihr schien es genauso zu gehen.

Wir kamen zusammen, und ich ergoss mich in sie, während sie in einen brennenden Orgasmus ausbrach. Wir waren eine stickige, verschwitzte Kombination aus schwelendem Verlangen.

Viv hielt mich fest, während ich sie wieder langsam und sanft auf ihre Füße stellte. Sie winselte, und ich bemerkte, dass ihre Füße weh taten, wahrscheinlich von weiß Gott wie vielen Stunden Arbeit.

„Viv, was machst du? Warum hast du mich nicht um Hilfe gebeten?"

Aber ich wusste bereits die Antwort – oder zumindest dachte ich, ich wüsste sie.

Sie richtete ihren Rock und ließ ihren Blick auf den Boden gerichtet, um absichtlich meinem Blick auszuweichen.

„Vivian, sieh mich an", flehte ich sie an. „Warum hast du mich nicht um Hilfe gebeten? Warum hast du mir Scheidungspapiere geschickt?"

Ihre Lippen zuckten und schließlich begegnete sie meinem Blick. Ich sah einen leichten Schatten des Bedauerns in ihren Augen.

„Weil es etwas gibt, was ich dir nicht sagen wollte", murmelte sie so leise, dass ich es kaum hören konnte.

„Was wolltest du mir nicht sagen?"

Sie starrte mich für einen langen Moment an. „Wie werden wir das hier machen, Luke? Besuchst du mich einfach alle paar Wochen? Bringst du Lena mit und bringst ihr ganzes Leben damit durcheinander?"

Ich runzelte die Stirn.

„Nein", sagte ich ihr. „Wir werden alle zusammen leben – als eine Familie."

Sie schüttelte den Kopf.

„Wie? Ich kann jetzt nicht zurück in die Staaten."

„Man kann auch woanders leben als nur in den Staaten, weißt du", antwortete ich trocken. „Ich habe gehört, dass Kanada ganz nett ist, aber was diese Gegend anbelangt, wohl doch nicht so."

Sie ignorierte meinen Scherz und schluckte sichtbar.

„Meinst du das ernst?", würgte sie hervor. „Du würdest dein Leben entwurzeln, damit wir alle zusammen sein könnten?"

„Hast du mir nicht zugehört?", brummte ich. „Ich liebe dich, Vivian. Ich werde dich niemals gehen lassen. Wenn zusammen zu sein bedeutet, dass wir umziehen müssen, so sei es. Ich denke nicht, dass Lena sich darüber beschweren wird."

Zu meiner Überraschung fing Viv an zu schluchzen und vergrub ihr Gesicht in meiner Schulter.

„Viv, was ist los? Warum weinst du?"

„Weil ich der Dummkopf bin", schluchzte sie. „Ich bin diejenige, die bei dir um Gnade winseln sollte."

„Viv, es ist okay. Deine Emotionen sind einfach gerade in höchster Alarmbereitschaft. Alles wird gut", versprach ich ihr. „Wenn wir erst mal unsere Familie wieder zusammen haben."

„Du hast verdammt recht. Ich bin emotional – ich bin schwanger mit unserem Kind."

Schockiert starrte ich sie einige Momente lang an, unsicher, ob ich das, was sie gerade gesagt hatte, richtig verarbeitete. Sie starrte mich bestürzt an und war ganz klar besorgt darüber, wie ich reagieren würde.

Mein plötzliches Gelächter verdutzte uns beide.

Ich lehnte meinen Kopf herunter und küsste sie, zuerst auf die Lippen, dann auf die Nase, dann die Stirn und überall dort, wo ich hinkam, bevor ich mich wieder auf ihren Lippen niederließ.

„Du bist nicht sauer?", fragte sie vorsichtig und sah mich durch ihre Wimpern an.

Ich drückte meine Hand auf ihren Bauch und spürte die leichte Beule, die in all den Monaten, in denen sie in meinem Zuhause gelebt hatte, nicht da gewesen war. Ich realisierte jetzt, dass es genau das war, was Vivian daraus gemacht hatte – ein Zuhause.

„Überhaupt nicht", flüsterte ich und lächelte zu ihr hinunter. „Nachdem ich dich all diese Monate mit Lena gesehen hatte, kann ich nicht lügen uns sagen, dass ich nie darüber nachgedacht habe, wie es sein würde, dich mit deinem eigenen Kind zu sehen."

Sie lächelte schüchtern, und das Leuchten in ihren Augen nahm mir den Atem.

„Du weißt, dass ich Lena sowieso wie mein eigenes liebe, oder? Ich wusste das, egal was zwischen uns passieren würde, ich würde immer dafür sorgen, dass Lena ein Teil des Lebens ihres Bruders oder ihrer Schwester wäre."

Ihre Worte zerrten an meinem Herzen, und der Gedanke, zu beobachten, wie meine beiden Mädchen das neue Baby – unser Baby – verwöhnen würden, bescherte mit einen brennenden Druck hinter meinen Augen.

„Ich wette, Lena wird begeistert sein", sagte ich, nachdem ich mich geräuspert hatte. Plötzlich kam mir ein anderer Gedanke, und ich lächelte. „Weißt du, wer hundertprozentig nicht begeistert sein wird?"

Sie runzelte die Stirn. Ihr gefiel der Gedanke offensichtlich nicht, dass irgendwer über unseren Nachwuchs nicht erfreut sein würde. „Wer?", verlangte sie.

„Agents Blair und Brody und alle anderen bei der USCIS, die dachten, unsere Ehe wäre eine Scheinehe", antwortete ich.

Ihr verwundertes Lachen erfüllte das Treppenhaus, und ich lehnte mich vor und unterbrach es mit einem Kuss.

© Copyright 2020 Jessica Fox Verlag - Alle Rechte vorbehalten.

Das Werk, einschließlich aller seiner Teile, ist urheberrechtlich geschützt. Jede Verwertung ist ohne Zustimmung des Verlages und des Autors unzulässig. Dies gilt insbesondere für die elektronische oder sonstige Vervielfältigung. Alle Rechte vorbehalten.

Der Autor behält alle Rechte, die nicht an den Verlag übertragen wurden.

 Erstellt mit Vellum